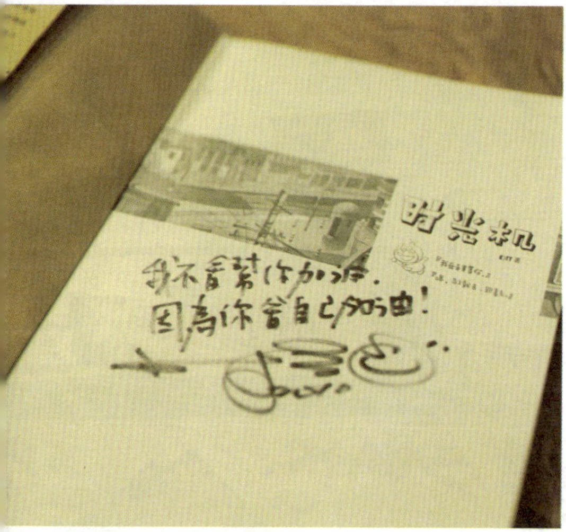

时光机

DTT 著

『我在未来等你。』

『嗯，马上就去，跑着去。』

北京联合出版公司
Beijing United Publishing Co.,Ltd.

我们在　宇宙里　做梦、　醒来。

据说大爆炸的时候产生了无数个平行宇宙，在某一个宇宙里存在着你却没有我，在另外一些宇宙里或许只有我而没有你。

时光机

DTT

『我在未来等你。』

『嗯，马上就去，跑着去。』

Time

Machine

那些科学无法解释的事情，
似乎总有一种神秘的力量，
获得了更多感性的认同。
月球上的脚印、
尼斯湖里的水怪、
华莱士的人鱼、
在外太空盘旋的UFO和贯穿地心的白蚁，
它们都在夏文希的世界里，
确切地存在着。

Time

Machine

见不到阳光的植株，

好像暗恋的心情，

带着瑰丽又伤感的姿态。

TIME MACHINE

时光机

DTT

『我在未来等你。』

『嗯，马上就去，跑着去。』

我目光　　　　　拥抱　的　都是　　　你的　曾经

总是有着十几岁时的浪漫心情，细细说着和课业不相关联的话题，亲密的动作不过是牵在一起的，他的左手和她的右手。全然不是成人世界里扩充出来的复杂，带着点儿肮脏的气息。那些骤然消失的笔、挂在钥匙扣上的篮球吊饰，还有一些因为太过琐碎和久远，让自己都怀疑是不是『曾经拥有过』的东西。

TIME MACHINE

{ 序 1 }

我不会帮你加油，因为你会自己加油

2010 年，我出版了个人第一部长篇小说，算是完成了学生时代的一个梦想。在双安商场一楼的大厅，举行了一个小小的发布会，用一个寓意“禁锢”的大型鸟笼做了一场装置艺术。与会的除了媒体，便是出版社帮忙找的“托儿”，上台“答记者问”之前，出版社的老板还特意交代隐瞒了我图书编辑的身份，大概是想要维持一个创作者的神秘形象，或者读者更乐于见的是一个寒窗苦写数十载终得出版的故事，这样才跟“梦想”扯得上一些关系。

那天用力过猛的我，打扮成了一个民国女青年，25 岁胶原蛋白充盈的脸，被记者的镜头刻画成一张银盘，歪嘴翻着白眼正在讲述梦想之于我的意义。第二天看到见报的照片，我才知道："嗯，摄影师对我没有爱。"

细说起来，《时光机》的出版并非一帆风顺，策划人跟我在作品的表达形式上存在差异。她认为我的作品不够市场化，而我或许没有文艺青年的才华，但文青的通病却一样不落：敏感而骄傲，对自己的文字敝帚自珍，不愿妥协。中间有多少挣扎、纠结和滞碍，略带渲染或许也是一篇热血澎湃的鸡汤文，一个关于坚持、不妥协，终于赢来成功的故事。

时隔多年，我能想起的却是一些略带滑稽的小片段：第一次去上电台节目，由于紧张，语速快得像打机关枪；签售会上，朋友们轮流排队营造热烈的假象，一个不知道打哪儿路过的老爷爷居然买了我的书，一度让我暗自揣测他可能看穿了现场的虚假繁荣，只是为了给我一点儿安慰；假装营销人员去网站给自己的书谈广告；走在路上，被路边看车的大叔猛然拦住说："我在电视上见过你。"（其实我并没有上过电视）

或许随着年岁渐长，逐渐明白坚持和成功之间并没有必然联系，也明白我们见惯的成功者的自白不过是更愿意把成功归因于自我的某类品质，不至于在宿命的洪流里显得过于茫然和无知。从事出版工作很多年，见证并参与创造了一些畅销书的奇迹，虽然积极总结经验，寻找规律，也不得不在一种莫名其妙的境遇里感叹命运的莫测和神秘。

也许说“成功”有些自夸，毕竟《时光机》只是小小的畅销，也并未给我的生活带来巨大的改变，我还是穿淘宝淘来的便宜货，背十几块钱的帆布包，每天步行上下班。初秋的灿烂早晨，在办公室的走廊里啃多加了一个煎蛋的煎饼，喝雀巢的速溶咖啡，看操场上的学生七歪八倒地不肯好好锻炼。

当“五月天”在鸟巢的十万人演唱会上大喊“鸟巢，我们做到了”，多少人因这梦想终于变成现实的巨大狂喜而感动落泪，我却突然想起阿信曾经说过的，每次演唱会结束后，他巨大的虚无和落寞。我有时在想，或许“梦想”本来就不是用来实现的，而像是插在高地的旗帜，赋予渺小人生的意义；或像夜航的灯塔，照亮我们前进的方向，给予我们勇气、力量，让人发光。我喜欢那些谈论梦想的眼睛，闪闪发亮。却没人告诉我们，当梦想实现的热浪退去之后，我们还是要面对人生的庸常、平凡。

《蓝色大门》简体版的扉页上写着：三年、五年后，我们会变成什么样的大人呢?

《时光机》出版至今，六年过去了，我似乎变得没那么敏感，面对初次见面的人也不再慌乱，不再花大半个晚上抄满一本歌词本，不再给我喜欢的歌手写信，演唱会站不满全场，不太苛求奇迹，对星座许愿变得有些随意、懒散，开始关心股票（赔了许多钱），留意房价，关注金融类的分析文章，有点儿害怕体检和看牙。

因为司机绕路而发脾气的时候，转头看见后视镜里因为生气而发皱的脸，发现自己好像变成了一个不怎么样的大人。

对此，竟然也颇有一些坦然。

也许《时光机》之于我的最大意义，不是一笔可观的稿费，不是被一些人知道、谈论或者喜欢，而是这么多年过去之后，还会有读者在微博上给我留言，还有高三的学生熬夜读完了写下读后感，还会有朋友在某个城市的咖啡店偶然发现一本被翻旧的封面，给我发来照片。

是主唱大人在扉页写给我的话：我不会帮你加油，因为你会自己加油。

嗯，我会继续加油的。

长成一个不怎么样的大人

依然会在演唱会上哭成傻逼的 DTT

2016.12.06

{ 序 2 }

注意，
这里有关于作者的剧透

您也可以选择
看完全书再看序

DTT 这个人吧，蛮有意思的。

上大学的时候，我们班有一个长得像浓缩版潘玮柏的男生，跟 DTT 并称新闻系两大手机强盗，几乎所有同学的手机里都有此二人的自拍。那时候，还流行诺基亚、松下等非智能小屏幕直板或者翻盖手机，相机像素不超过30万，没有美图秀秀，更没有柔光双摄，但是他俩自拍那种蜜汁自信的社交微笑，在阳光下闪闪发光。当时他们豪言：“现在收藏我的微笑，将来可能成为你的传家之宝！”什么鬼！然而最近的朋友圈里，伴随着DTT最新畅销书《愿所有相遇，都恰逢其时》的走红，真的有人发九宫格晒出了当年的蜜汁自拍，一边晒，还一边强行给自己家女儿灌输“快看这是妈妈的同学，写文章好厉害的”。估计DTT想死的心都有了，如果真的有时光机，不知道她会不会想办法阻止年轻时那颗骚动的头，不用留下那么多没用的黑历史。

那个男生呢？谁在乎？要说脑回路清奇，也算是写作的一种天分吧。

后来大家回忆起来，DTT和花卷最初的相互关注，是在一个夏夜的西瓜大会上，女孩子们聚在最靠近楼道的寝室里讲述那些花季雨季的故事。本人虽然是个伪摇滚，但是追求帅气一向是人生的第一信条，所以当我听到牙尖少女们的夸夸其谈之后，冷冷地泼了一句：“DTT呀，你这种性格搁在高中时跟我同校，那是要被打的（挖鼻屎）。”之后的一年，我都没发现，她倔强地拒绝同我讲话。转眼到了大二的初夏，嗯，DTT是个诞生在初夏的双子座，我那个天秤座、八面玲珑的下铺给她发了一条生日祝福短信，我就捎带也发了个“生日快乐”。没想到DTT被感动了，约我去散步，共享初夏柔亮的阳光。那时候，她扎了两个大麻花辫，厚厚的齐刘海，我顶着黄色的杀马特乱发，跟她溜达了一大圈，意外地聊得很深刻。我说：“我昨天被小猪师兄的辩论才华震傻了，感觉自己第一次喜欢上不看颜值的男生了。”DTT很真诚地恭喜我思想上的进步，并积极帮我策划如何与小猪师兄亲近等。但是，最后我并没有采用这个狗头军师的方法，因为她路过精品女装店的玻璃橱窗时，对着自己的侧影停留了大概三秒，然后说了句：“哎呀，为什么胸部像包子一样啊，我不喜欢大胸。”这给我的震惊比小猪师兄的辩论才华还要大，你是对包子有什么误会吗？后来到了北方，吃了小胖包子铺才知道，世上不是所有的包子都是用发面的。

怎么说呢？她是一个特别细腻，甚至用偶尔的浮夸来掩饰自己细腻的那种女生。

我真正被她震傻，是在一本当红杂志上看了她的《我上错的车和下错的站》。一个挺平凡的暗恋故事被她写得是字字珠玉，我用射手座应有的速度从床上跳下来，跑到隔壁寝室，紧抓着DTT的双手，狠狠地点头：“不错不错，我喜欢你的文字。”进而可以喜欢你这个人，大概是这么个潜台词。我以为会有一阵尴尬的沉默，结果她比我还兴奋：“是吗是吗？你喜欢哪一段？哪一句……”以至于后来常常被她气到吐血，我也要用“惜才第一”来劝慰自己。有一次，在报社工作的学姐找我俩去打了三天的临时工，大概是一个什么大学生自主报名参与的运动赛事招募点。我们在一个体育馆边上支了个摊儿，背后是一个大约两米宽、三米高的航架背景板。那是个大风天，风大到什么程度呢？那个背景板毫无预警地倒下来拍我俩头上时，只觉得嗡的一声，两眼冒金星。万万没想到，一秒钟之后，DTT 发现她的头可以动，因为有我的大头卡着，于是她一边发出银铃般的笑声，一边像小乌龟一样自由地伸缩脑袋，以示优越。

这种幸灾乐祸的天性，在 DTT 身上是相当解放的。毕业后当了编辑，我的前辈教导我，写作的人大多是任性的，因为他们可能潜意识中就是要去体验人性的本真，越极致、越深刻，越能从中领悟、收获，我们要去呵护这种天性。前辈你也是真心热爱自己的工种噢（挖鼻屎）。

扯了些有的没的，但是我想说，我才是这个世界上最有资格给《时光机》写序的人！毕竟这个小说是在我俩无数次挑灯夜谈下慢慢构思成形、推翻重建、数度难产后，才走上了出版的正轨（得意）。那些声嘶力竭的争论和拿花露水喷雾当武器对喷的夏夜，仿佛就在昨天。一翻初版的首印时间，才发现已经过去了近八年。

为什么友人花卷会在再版时才得到出场的机会呢？我就简单说一点：没有收到过 DTT 绝交信的人，不足以自称是她的绝亲好友。懂的人恐怕会在此处默默签上自己的名字。

我曾经评价 DTT 自负，她却总是很认真地纠正我，她可以承认自恋，但比起自负，她内心对这个世界抱持的更多的是自卑，这种自卑是对自我渺小的认知，是对外界天生的警惕和不安。八年前，我可能认为这种说法矫情又无用，现在却好像多多少少理解一点儿。熊孩子之所以熊，是一种源于无知的无畏。人啊，越长大，越孤单。这种孤单不是形单影只，而是知道得越多，越对外界充满敬畏，双手交叉抱紧自己仍不足以形成防御。敏感的少女 DTT，为了对抗这种天生的不安，早早就倔强地放大自己所有的感官去触碰和感知自身以外的一切，拼命思考、试图理解，然后诉诸文字，试图用文字去触碰其他人的神经。自负也好，自卑也罢，她都足够坚强，这是我真正欣赏她的地方。

人啊，越长大，越想要一台时光机。

友人 花卷

2017.11.24

CONTENTS

目录

Time

Machine

Beginning

Chapter 1

夏文希

1

而夏文希的内心里，一直存在着那么一部分关于奇迹存在的笃定，毫无来由，不可理喻。

那些科学无法解释的事情，似乎总有一种神秘的力量，获得了更多感性的认同。

月球上的脚印、尼斯湖里的水怪、华莱士的人鱼、在外太空盘旋的 UFO 和贯穿地心的白蚁，它们都在夏文希的世界里，确切地存在着。

不能解释，却可以相信。

{ 1 / 4 }

据说流言是这样蔓延开来的。

夏文希去走廊那一头打水的时候，无意间听见厕所里刻意压低了音量的谈话，在女厕所这种逼仄的空间里来回碰撞。明明是细细的耳语，却像是通过扩音器放大了效果，带着一点嗡嗡的回音，还是听见了大概。

“又来闹了？”

“是嘛，整个地理组都在传，校长都出面了。”

“还真看不出来，结婚都九年了吧。”

“听说是大学同学来着，一直没怀上小孩子。”

“怪不得要搞外遇。人家说，小孩是维持家庭稳定的纽带。”

“那也不一定，要离的还不是要离，据说现在离婚夫妻中有子女的占到离婚总数的67%。”

夏文希刻意把水放得很小，以便更清楚地听见里面的对话。过了一会儿，两个女生走出来，发现门口的夏文希，不由得愣了一下，相互对视一眼，一个小声说着“走啦，走啦”，两个人便小跑着朝走廊另一头飞奔而去。从水池上方的镜子里，夏文希看见她们走进了高二（5）班的教室。

高二（5）班的班主任是高二（2）班的地理老师。夏文希是高二（2）班的。

满满的一桶水提到位于走廊另一头的高二（2）班时，已经洒得只剩下半桶。夏文希吃力地给走廊描出一条泼溅的痕迹，像是猎物分泌的液体，总是给捕食者追踪的机会。她把抹布扔到桶里，挽起校服的袖子，把手伸进冰凉的水里，捞起，拧干，从黑板的右半边，擦出一块漆黑的领地。用黄色颜料描出来的课程表涂了一层透明漆，所以用水擦不掉，只擦掉每天需要更换的课程，非常方便。不像有的男生，擦黑板的方向是自下而上的，这样只需要大手一挥就能抹掉黑板上的全部板书。夏文希习惯由左至右地擦，这样就像吃法国大餐一样，菜是一道一道地上，文雅而精致。擦到地理课的时候，她想起了刚才听到的对话，其实也不是第一次听见这样的传闻了。高一的时候，地理老师的老婆就来闹过一次。当时他正在高二（2）班上课，听说是地理组的老师联合起来把他的老婆拦在教室的外面，好说歹说才劝了回去。

地理老师姓宋，叫宋国庆，好像凡是10月1日出生的人都取名叫国庆。三十出头的样子，人很标致，说话时总是笑嘻嘻的，班上的女生大多都喜欢他。世界杯的时候，他请假在家看巴西和法国的比赛。后来班里某个男生问起战况如何时，他还假装一本正经地说是去喝地理组另一个姓蔡的老师的喜酒了，那位老师其实已经结婚好多年了。

真看不出来。

“嘿，发什么愣啊？！”组长突然蹿出来，吓了夏文希一跳。抹布掉在了地上，弯腰去捡的时候，手机从上衣口袋里滑了出来，“扑通”一声掉进了水里，捞起来的时候，已经自动关机了。组长在旁边紧张地说：“快开机检查有没有坏。”结果一开机，屏幕闪了一下就关掉了，再怎么紧按开机键也没反应。

这部纯白色的翻盖手机是夏文希考上这所重点中学的礼物。40 和弦，6 万 5000 色 TFT 显示屏，虽然不支持音乐播放，没有摄像头，但在暑假刚上市的时候还是要 2000 元的高价。当时，妈妈看上的是另外一款功能更为丰富的直板机。可是，夏文希更中意这款机型的纯白色外壳，有点儿像日系手机，当下就看到了它贴满琳琅水钻的潜力，所以毅然地选择了它。

回到家，夏文希赶紧把电池卸下来，用吹风机对着键盘一阵猛吹，直到键盘都发烫了，料想着里面的部件也应该烘干了，才把电池装上。开机画面有些迟缓，颜色浅浅的，加载好长时间后，才出现操作界面，像是蒙了一层半透明的膜，什么都看起来朦朦胧胧的，电力显示还有一小格，信号的部分空白。试着拨了一个号码，屏幕上出现“无法连接”的字样。

妈妈推门进来说该吃饭了。

夏文希一副没精打采的样子，把菜从厨房里端出来。妈妈一边叫爸爸去洗手，一边盯着夏文希说：“背给我挺起来。”

饭桌上，夏文希把一块肥肉从碗里挑出来。妈妈看见了又发牢骚：“你知不知道现在肉价多贵啊，挑肥拣瘦的。”又像是对着爸爸说的：“前天还 12 元一斤，今天就涨到 13 元了。物价这么飞涨，怎么不见工资涨啊。”

“行了吧，又不是我们一家只涨物价不涨工资的。”爸爸回嘴道。

这就是夏文希的家，比起股市的行情更在意菜价的涨跌，住的是 20 世纪 80 年代单位分的房。旧房子布局不合理，卧室面积过大，客厅又太小，一张沙发就要把它填满似的。从她还没出生时，爸爸妈妈就每月在户头上多存一笔钱给她作为教育基金，每年的压岁钱要上缴一半。这只是一个普通家庭，2000元钱的手机不是说买就买的。

夏文希埋头刨了几口白饭。妈妈夹了一块瘦肉到她碗里："别光吃白饭。"

电视里播报着搞外遇的丈夫被妻子刺杀致死的新闻。女人被擒获的时候神态镇定，面对镜头的脸做了马赛克处理。记者问："为什么要杀你丈夫？"她只是很平静地回答："是他对不起我。"

"啧——"妈妈还没来得及评论，电话就响了起来，妈妈"喂"了一声转过来对夏文希说，"是陈婷。"夏文希放下碗，拐进卧室大声说着"接进来"。

"进了水的电器不能马上开机的，会短路。"陈婷在那头痛心疾首地说。

"还不是邓国建！"

"那你打算怎么办？"

"还能怎么办，先放着呗。"

"那我找你怎么办？"

“你还能找不着我啊。”夏文希手机里也就十来个号码，有一大半都只是摆设，收件箱里除了陈婷的短信，就只有每个月10086发来通知“您的余额已不足”的催账单。

“那你妈问起怎么说？”

“就说学校不让带手机。”

那边顿了下，说：“我去年的压岁钱还有1300元，要不借你？”

夏文希想了想，下个月演唱会的门票还是一笔不小的开支：“还是算了吧。”

{ 2 / 4 }

夏文希换鞋出去买明天的早餐。妈妈提着垃圾追出来：“顺便把这个带下去。”

小区的电线杆子上挂了一只鸡蛋大小的蜘蛛，上个星期出现的，差不多每天经过的时候都能看见。夏文希每次都要在底下绕一大圈，好像那只蜘蛛随时都会跳下来咬人一样。以前她还见过更大的蜘蛛，是在爸爸的单位里。那个时候，爸爸被调到郊区的工厂上班，一个星期大概有三天住在宿舍。如果刚好是周末，妈妈就会带着夏文希去爸爸上班的地方。那个时候的夏文希还是可以站在红色塑胶桶里洗澡的小孩。爸爸带夏文希去盥洗室的时候发现了一只成人手掌那么大的蜘蛛，在橙色的光线下，像是一只误入歧途的河蟹。但从漏斗形的腹部来判断，是蜘蛛没有错。夏文希后来在《动物世界》里看到过，是被称为“鸟蛛”的巨型蜘蛛。爸爸用水去泼它，它用八只长脚敏捷地爬上了天花板，倒挂着注视着这对父女。爸爸只好连人带桶把夏文希拎出来，她才停止了哭闹。

天气预报说今天会有雷阵雨，不知道它还能不能活到明天。

半夜被几个响雷吵醒，雨水打在遮雨棚上发出很大的声响。夏文希翻身起来把窗关上，窗台上已经溅湿了一大片，水顺着窗台流下来：“该死！”明天又要被妈妈念叨了。又是一个响雷，像是要把天空撕开一样，一道闪电粗暴地落下来，透过窗子把家里的东西照得惨白惨白的。桌上的手机不知道怎么突然亮了一下，那些看过的恐怖画面从记忆的夹缝里钻出来，夏文希“哇哇”叫着跳上了床，把整个身体埋在被子里面。

雨不知道什么时候停的，早上醒来的时候，只有水滴在遮雨棚上“啪嗒啪嗒”有节奏的声音，昨夜淋湿的墙壁显露出破败的痕迹，鼓起一大片水泡。妈妈敲了几下门，用商贩叫卖的声音嚷着：“再不起来又要迟到了。”

“是什么让美丽的女人变成了黄脸婆？”不记得是哪里听来的一句台词，可能是电视购物的广告词。

夏文希刷牙几乎是闭着眼睛的，好像大脑还停留在睡眠状态，身体就先行清醒过来了。洗了一把脸，肉体和意识才完全统一起来。牛奶喝到一半，突然想起昨天半夜亮了一下的手机，为了确认是不是梦，夏文希风风火火地跑进卧室，差点儿把椅子撞翻。手机翻盖的小屏幕上果然有一个信封的标志，打开来却是一条空白的短信，发件人的号码地址也一片空白，只有一个日期显示着：

2008-10-13

02:37:21

{ 3 / 4 }

第一节课刚下课，陈婷就跑到夏文希的座位上，一只手按在她肩上，露出一副“节哀顺变”的表情。夏文希拍拍扶在肩上的手，故意摆出夸张的暧昧神情：“谢谢你懂我。”旁边的男生看得直反胃：“变态啊。”

夏文希和陈婷一起喊回去：“你才变态呢。”意识到彼此的默契，两人又一起笑起来。

“对了对了，跟你说，昨天半夜我起来关窗，手机突然亮起来，吓我一跳，本来还以为是睡迷糊了，结果，早上一看，真的收到一条短信。”陈婷坐在夏文希前面的位子上，反过身趴在桌上，听到夏文希这么说，“欸！”了一声坐起来。

“谁发的？”

“不知道，看不到发件人的号码。”

“那说了什么？”

“什么都没说，空白的。”夏文希把手机拿出来翻给陈婷看。

“真的欸。该不会是什么灵异事件吧？”

“欸——”两个人又默契地学着日本女生拖出奇怪的腔调。

“现在有这种技术啊，可以隐藏发件人号码，专发一些奇怪短信给你们这种女生，骗取好奇心。”同桌的男生头也不抬，摆出这个年纪男生酷爱却又不拿手的深沉表情。

“骗取好奇心又有什么好处？”陈婷毫不示弱。

“骗你们打电话啊，前几天新闻不是才报道了吗？电话响一声就挂掉，打过去对方是什么声讯台的，一分钟按 10 元计费的。”

陈婷和夏文希面面相觑，想要反驳却找不出更好的例子来说明。上课铃响了，陈婷努努嘴，回到自己的座位上。

宋老师走进来的时候，夏文希才意识到今天第二节课和第四节对调了，赶紧把桌上还摆着的物理课本收进抽屉，换出地理课本。不知道是不是因为昨天听到的流言，总觉得宋老师看上去憔悴了几分，又回想起晚饭时的电视新闻，不觉为他捏了一把汗。宋老师讲了个什么笑话，下面稀稀落落地笑着应付，不是不好笑，而是重复了。有时候觉得老师其实也挺不容易的，仅有的几个为了活跃气氛又和教学内容相关的笑话，翻来覆去地讲，这个班讲过了，那个班讲，这一届的学生讲过了，下一届还在讲。常常会有毕了业的学姐、学长回来，感叹某个笑话还在流行。即使是笑话原本包含的优质笑点，也在一遍一遍的重复里演变成了一种腻烦。而讲笑话原本就是一种喜感的传递，再好笑的笑话，讲的人觉得不好笑，听的人也会觉得贫乏，相反，即使你什么也不讲，自己先笑得前仰后合的，别人也会因为受到了感染而乐起来。初中同桌的一个男生就是这样，他有一个经典笑话，除了他，别人都讲不了。每次他讲都是自己先笑得不行，别人一边迫不及待地追着问“什么什么快讲啊”，一边跟着笑起来，虽然都不知道自己笑的是什么，最后他突然一本正经地告诉你“讲完了”。扯好远。

即使是自己都感到厌烦的笑话，老师也还是要像是第一次讲一样，强装出热情。做学生的，听过第二遍都会喊腻，何况是老师呢？所以，夏文希在心里为刚才没能给予回应小小地自责了一回。

学生终究还是学生，即便是几分钟前还在因为自责想要用专心听课来弥补，几分钟后又不自觉地走神了。

比起同桌的理性分析，夏文希还是更愿意相信陈婷所谓的灵异事件。书上说，闪电是天空剧烈的放电现象，雷电会破坏分子原来的排列结构。听说被雷打过的人，会由于某种原因而成为易感人群，有个护林员就是在被雷电击中第 39 次以后饮弹自杀了。虽然不能给予确切的科学解释，但直觉在雷雨天气，总会有不太寻常的事情发生。夏文希翻出手机，把那条短信又看了一遍，像是无字天书那样，希望能参透其中的奥义，但是除了日期还是什么都没有。她犹豫着，用拇指按下了回复键。

你是谁?

发信人发送于：10:45:21 2006-10-13

3 分钟有多长?

换算成秒来计量是 180 秒，心跳健康的话或许会跳 210 下。教学进度已经从三章第一节讲到了第二节，板书被擦掉一部分。好像 3 分钟可以做很多事，而夏文希在这个 3 分钟里只是呆呆地凝视着手机屏幕，书还摊在最开始翻开的那一页，同桌男生的课本上已经画满了红笔圈阅的痕迹。呼吸还在继续，心跳也还是有的，思维跑火车似的把事情的前因后果拉拽了好几回。“果然是诈骗集团吗?”想到这儿，不免为刚才浪费掉的 10 元钱心疼起来。就在这个时候，手机屏幕亮了起来，振动的触感麻麻的，有短信进来了。

我是叶佑宁，你是?

发信人发送于：10:48:45 2008-10-13

哈，夏文希差点儿叫出来，偏头看一眼，陈婷埋头不知道在书上画些什么。夏文希在手机里翻查陈婷的号码，把短信转发过去，却显示“发送失败”，再试一次，还是失败。她又随便发送了一个号码，仍然未能成功。刚才还好好的，现在怎么又出问题了。试着回复几个字，发送，屏幕闪动着小信封的标志，发送已成功。

我是夏文希，我认识你吗?

发信人发送于：10:50:32 2006-10-13

我想不认识，我看不到你的号码。

发信人发送于：10:54:47 2008-10-13

我也是。

发信人发送于：10:59:45 2006-10-13

那你怎么给我发短信?

发信人发送于：11:03:15 2008-10-13

我只是回复你昨天半夜发来的空白短信而已。

发信人发送于：11:09:45 2006-10-13

地理老师从旁边经过，用手敲了敲夏文希的桌子。她把手机塞进抽屉，慌慌忙忙地把课本翻到第 68 页。

“什么意思啊？”女厕所里，陈婷隔着门板惊叹。

夏文希从里面出来，走到水池旁边，对着镜子里的陈婷说：“不知道嘛。”

“叶佑宁……应该是男生的名字吧。”

“我也觉得。”夏文希甩一甩手上的水。

“会不会……”陈婷欲言又止，向夏文希眨眨眼睛。

“会不会什么？”

“会不会有人暗恋你啊？”陈婷笑了起来，用怀疑的口吻说。

“才不是呢。”夏文希的声音里含着笑意。

“是吗？”

夏文希抢过来手机跑出去，一边“是啦是啦”地应着。陈婷随后追上去，笑声穿过课间喧闹的走廊，在某句对白中夹杂而过。

不好意思噢。刚才在上课。

发信人发送于：11:21:25 2006-10-13

高中生？

发信人发送于：11:23:41 2008-10-13

对啊，× 中。你呢？

发信人发送于：11:27:23 2006-10-13

学妹啊。

发信人发送于：11:30:45 2008-10-13

好巧，你哪一届的？

发信人发送于：11:32:44 2006-10-13

05 级，说起来也才毕业而已。

发信人发送于：11:36:45 2008-10-13

怎么可能，我也是 05 级啊，今年高二嘛。

发信人发送于：11:38:16 2006-10-13

呵呵，如果不留级的话，2008 年你该大一才对。

发信人发送于：11:43:23 2008-10-13

所以 2006 年我上高二啊。好奇怪，

你的短信显示都是 2008 年的噢。

发信人发送于：11:48:45 2006-10-13

整节数学课，一来一往九条短信，最后一条短信发出去，直到下课都没回应。骗人的吧，今天是 2006 年 10 月 13 日，星期五。黑板上不知道谁添出来天气一栏，画上一个阴雨符号。三个月前的德国世界杯，让学校难得地停了半天课，随后在相当长一段时间里成为男生频繁提及的热门话题。不过，这不是夏文希关心的部分，她在意的是某乐团的主唱出了摇滚专集，年末的新专辑很值得期待；左边牙床尽头长出了半颗智齿；几个月前的生日许了一大堆愿望，至今一个都还没有实现。

这些只是想要说明，现在是 2006 年，没有错。

对方也不像是开玩笑的样子，而且没办法显示的号码怎么说明？还有打雷时收到的第一条空白短信，以及自己出了故障的手机只能和这个号码联系。这么多巧合凑在一起，似乎不仅仅是一句“骗人的吧”可以简单涵盖的内容，像是“奇迹”在字典里的意思：“极难做到的、不同寻常的事情。”

而夏文希的内心里，一直存在着那么一部分关于奇迹存在的笃定，毫无来由，不可理喻。那些科学无法解释的事情，似乎总有一种神秘的力量，获得了更多感性的认同。月球上的脚印、尼斯湖里的水怪、华莱士的人鱼、在外太空盘旋的 UFO 和贯穿地心的白蚁，它们都在夏文希的世界里，确切地存在着。

不能解释，却可以相信。

{ 4 / 4 }

“请证明，你活在 2008 年这件事。”

才洗过澡，头发还有些滴水，夏文希把白色毛巾顶在头上，双手拽着毛巾的两头，放在下巴上，整个身体蹲在板凳上，注视着桌上的手机。说不清楚，她的紧张是源于如果对方真的能够说出一些事情来证明自己属于未来，还是这只不过是个即将败露的设计得还算周密的玩笑。

如果有预知未来的魔法，你想知道些什么？

下个月演唱会的票价会不会太高？

那个用季节命名的乐队主唱有没有再唱一次《天天想你》？

下个星期的数学考题是什么？

哈，那下一期百万大奖的号码呢？

关于两年后的自己却没有强烈的窥探欲望，不是不好奇，只是怕万一没有变成自己想要变成的样子，或者更糟，高考失利，情路不顺，以及那些连想象都不愿探头的厄运，那么接下来的两年该用什么样的心情去度过呢？

手机突然发出的提示铃声把沉浸在幻想里的夏文希惊得差点儿从板凳上摔下来。

我会觉得关于时间的游戏很没创意，如果我真是未来的人，要想证明并不是难事，那么你该怎么让我相信你属于过去呢？

发信人发送于：21:13:55 2008-10-13

通往四楼的通道里，陈婷和夏文希站在半格楼道的平台边上，犹豫着要不要向上再走一步。四楼楼道的左右两边分居着高二（11）、（12）两个理科实验班。这两个班级里充斥着曾经各个中学的尖子生，是以极高的中考分数或者竞赛加分闻名的。他们往往是各大名校的后备人才，或者是国际竞赛的种子选手。物以类聚，人以群分，他们身上散发着优秀生的特有磁场，能在各个班级的学生里轻易被辨认出来，只有这两个班级和同年级的其他班级分离开来，也和其他班级有了距离的生分。他们很少出现在三楼的走道中，就像其他班级的人也很少出现在四楼一样，彼此都是不受欢迎的，好像无形中划分了势力范围，彼此戒备。实验班的学生是有些趾高气扬的，像是这个学校的其他学生出没在公共场合也会具备的优越感，同夏文希在周末也爱穿校服的理由一样，是骄傲的，也有一些单薄的清高。毕竟骄傲的范围很有限，还没到四楼，夏文希就开始紧张了。

“你确定他在（12）班吗？”夏文希有些没底。

“肯定不会错。”虽然陈婷语气是满满的确定，但内心的鼓还是敲得咚咚响。

“我们还是走吧，怎么说啊？”

“随便说些什么，只要你跟他说了话，就变成了既定的历史，那么两年后的他就应该知道。”“两年那么长，怎么可能记得住每一个跟你讲过话的人？”

被夏文希这么一说，陈婷也像泄了底气似的，拉着夏文希的手也不那么迫切了：“总归先看看嘛。”

两个人踟蹰着站在四楼的走道上，很快就暴露了外来者的身份，引来频频注视的目光。这些被陈婷称作“奇异骄傲着的平凡面孔”带着像是流水线生产的统一表情，有些冷淡，又有些机警，就连打量的目光也是清清浅浅的，不像陈婷和夏文希透露着外来者身份般的直接。

“加油！”陈婷把夏文希推到前面，做出一个鼓励的姿势，就退到楼道的拐角，作壁上观。

夏文希紧张得想要缩回去，刚好碰上从里面走出来的女生质询的目光，一紧张就脱口而出：“我找叶佑宁。”

短头发的女生盯住夏文希看了几秒，转头朝里面喊了一声：“叶佑宁，有人找。”

夏文希的心直接跳到了嗓子眼，堵得呼吸都没办法顺畅了。几十道好奇的视线里，有人从教室的后排走出来。颀长的男生，身体扁扁地把校服架起来，因为太瘦，裤子的下摆窝出许多深色的褶皱。

“你找我？”听不出温度的音调。

“嗯……啊。”

“什么事？”

“嗯……找你……找你借物理的试卷。”

对方眉毛轻挑起来，被这个答案呛得有些摸不着头脑。

“那个，听说你们班考过了嘛，我们下周要考。嘿嘿。”嘿你个头啊。

男生并没有马上应答，从这个角度看他的头发又黑又亮，有几缕挡在眼前，让人忍不住想要问他用的是哪个牌子的洗发水。皮肤在头发的映衬下有些苍白，也还在健康的范围内，唇线抿得很紧，书上说那是隐忍的姿态。

男生一边嘴角牵起来，掉头走回去了。

剧情该怎么演下去?

那个是拒绝的意思吧?

夏文希朝陈婷看了一眼，陈婷立马把窥探的眼睛藏到墙后面去。

是该自我解嘲地自言自语“哦，上课了”，然后没事人一样退回去；还是撂下一句“成绩好了不起啊”，然后潇洒地转头离开?

好在不堪的举动还没酝酿成形之前，一张几乎满分的物理考卷就举到了夏文希面前，那一刻她几乎要把脸凑近了去辨认那个和自己完全不相同的笔迹，突然回过神来，“谢谢”都来不及说，接过试卷，拉着陈婷逃似的向三楼奔去。

“吓死人了。”夏文希手扶着膝盖靠在走道的墙上，气还没喘匀。

“还蛮帅的。”

“谁说那个啊？”夏文希站起来，朝教室走去。

“那个，记得借我抄啊。”陈婷尾随其后，讪笑着去抢被她攥紧的试卷。

我把借你的物理试卷夹在图书馆最里层书架顶层右边的书里。这样就可以证明我在你的过去。

发信人发送于：10:48:45 2006-10-15

Time

Machine

Chapter 2 叶佑宁

用什么来形容时间？

漫长、短暂、须臾、不朽、抽象和神秘。

听说，由于光的传播需要一定的时间，虽然微小得就连最精密的仪器都难以察觉，可是，确实让坐在我对面的你有了几分不同寻常的意义。
是可以用"现在"和"过去"简易划分的差异。我看见的全部都是过去的你。

{ 1 / 3 }

用什么来形容时间？

漫长、短暂、须臾、不朽、抽象和神秘。

听说，由于光的传播需要一定的时间，虽然微小得就连最精密的仪器都难以察觉，可是，确实让坐在我对面的你有了几分不同寻常的意义。是可以用“现在”和“过去”简易划分的差异。我看见的全部都是过去的你。

这样一来，过去和未来便不再是遥遥相望、互不相闻的概念，因为光速传播的极微误差，像是轻搭上的肩膀，有了浅显的关联。我的现在总是和你的过去联系在一起。那么，我的现在也一定和谁的未来捆绑在一起。那些有关时间的电影，大雄家的抽屉，太过艰深的科学解释，在这猝不及防的一刻，褪掉了神秘浪漫的颜色，氤氲成一团朦胧的水汽，读不懂，看不清，却又十分确定地存在。

西伯利亚的蝴蝶是怎么扇动翅膀的，就引起了太平洋上一阵狂风暴雨？

2008 年 10 月 13 日，星期一，昨天半夜的雷阵雨几乎令叶佑宁一整夜未成眠，宿舍里的人都上课去了，只剩下他早上 10 点半还窝在被子里。被一阵电话铃声吵醒，一看号码是家里打来的，犹豫着还是接了起来。

“喂……还在睡觉吗？”

“嗯。”

“今天回来吗？”

“下午辩论队还有事。”

“这样啊。那下周回来吗？”

“不知道。再说吧。”

“哦。那你再睡会儿吧。”

挂了电话，想把刚才的梦接续起来，却怎么也梦不下去。叶佑宁一个翻身坐起来。为什么要说谎？什么辩论队？自己根本是连课也懒得去上，已经连续三个星期没回过家了。宿舍的人每到星期五就迫不及待地收拾东西往家赶，只剩自己对着电脑两天一夜，有时候电脑也懒得开，只是躺在床上发呆。上铺离天花板很近，躺着的时候，即使睁着眼睛也装不下太多杂乱的东西来干扰视线，盯着某一点，像是要把它看穿一样。

每个星期，母亲都会打电话来问自己回不回家。越是读懂那股切盼望的语气，就越是想要逃避。回到那个家比独自待在空无一人的寝室更让人难以忍受。究竟从什么时候开始演变成除了必要的沟通便无话可说的关系？“我回来了。”“我走了。”最后连“我走了”都用一个清晰的关门声来代替。

说谎、旷课、有家不归，以及高考故意失利，在志愿上填一个和母亲意愿完全背离的三流学校，这些离经叛道的举动是出于报复还是逃避？自己也辨析不清。

虽然明白，那件事不是任何人的错。

10 点 45 分，有短信进来，含着牙刷走进来翻出手机。

“你是谁？”上大学以来常常收到这种莫名的短信，不过往往是以“我是……”开头。今天这个是个特例，特别的还有，发件人的地址栏是空白的。

也许是认识的人换了新号，便老老实实地回答了。

不多久，那边就反馈了信息“我是夏文希，我认识你吗？”陈旧的套路。

正当叶佑宁要把这条短信归类到骚扰短信里的时候，那边的路数发生了有趣的改变，对方不知道用了什么技术，不仅隐藏了发件人的号码，还让发送日期显示成“2006”年的字样，果不其然，不出几个来回，对方就以“活在过去”的身份发起了挑战。

“请证明，你活在2008年这件事。”对方提出这样的要求。

对于2008年的人来说，无论回忆什么，对于2006年的人来说都是一种预言。如果对方想要扮演2006年的旧人，那么自己无疑成为新世纪的先知。可是，对方要用什么样的方式才能证明自己是活在过去的人呢？叶佑宁把球又踢了回去。

本以为这样对方就会放弃了，没想到那边较劲儿地想出了新的解题方法。

{ 2 / 3 }

毕业没多久，多功能教学大楼就竣工了，听说还请了德高望重的老校友回去剪彩。大楼中间是迷你音乐厅，能容纳400人就座，独特的回音壁设置，即使是小声地讲话，听起来也很洪亮。现代化的透明设计，让整个大楼看起来像个巨型温室。教学楼的外观并没有太大改观，明明是才离开几个月的时间，竟然会呈现出一派违和的距离感来。四楼左边的教室，门牌上写着的（12）班没有变。几个月前，自己还是坐在最后一排靠窗位子埋头纸页的高三学子。从那里不仅可以纵览整个教室的格局，也为神游窗外提供了充足的可能。桌椅已经翻新过了。从前，讲桌面向学生的那一面写满了各式成句不成篇的字。

2003年，写于数学课。

我要浓墨重彩地回来。

你是巨大的海洋，我是雨下在你身上。

孤单是一群人的狂欢，狂欢是一个人的孤单。

樱木花道是湘北高中篮球队的。

白色涂改液写出来的“脚鸡·打不溜·布洗”横亘了巨大的篇幅，是第一眼就能看到的景观。前几天在某个论坛上还看到了讲桌涂鸦那一面的照片，没想到竟成了最后的遗像。新讲桌的这一面还没半点儿污迹，像是一个在历史面前一贫如洗的人，崭新却不值得留念。如同新人和旧梦。崭新的东西虽然拥有旖旎的姿态，却不如旧物那样丰厚踏实，这份深刻是用时间一分一秒慢慢铸就的，没有捷径可循。在它身上凝聚着自己的一段时光，是分不开、离不了、在往昔里隽永的，叫作回忆的东西。

可是，世界上总有人不明白这个道理。

虽然是周六，图书馆里还是坐满了来上自习的学生，从因为开门动静而投射过来的目光就能轻易地把他们分类：平行班的学生是不会刻意掩饰好奇的心理的，他们的视线碰到你，又折回去，在空气里划出明显的痕迹。实验班的学生则会利用翻书或者喝水的动作偷偷看你，他们的骄傲容不下自己多出来的好奇和分心，连窥探也有了几分言不由衷的味道。不知道以前的自己，在别人看来，是不是也有着这副实验班式的刻板神态？真不招人喜欢哪！这么想着，从一个男生旁边绕了过去。

图书馆最里层的书架摆放着平时不会有人借阅的书籍，连带着这一块角落也很少有人问津，落了一层厚厚的灰尘，一靠近就闻得到空气中纸张潮湿发霉的味道，因为地处隐蔽，也曾经有大胆的学生在这里接吻。顶层最右边，叶佑宁伸手把最里边的书抽出来，空气里飞舞着细小的尘埃，惹得人轻咳起来。

用手拂去封面上的灰，一本老版的《西厢记》，书页已经变黄，页脚却几乎没有翻卷的痕迹。把这样的书藏在图书馆的最里层，让这所以“现代化先进教育”著称的学校显露出违和实质的保守思想。只是稍微一翻，就掉出夹在里面的纸张，折成四折，落到地面发出清晰的声响。因为时间太久，纸张会变黄变脆，摊开来的时候不小心撕开一道口。是一张 97 分的物理试卷，写着自己的名字，那些物理公式晕在记忆里有些变形走样了，和试卷一起被打开来的，还有一些浅薄的记忆，片段似的在脑子里重放。具体缘由记不清了，好像是平行班的女生说要借物理试卷，又一阵风似的跑开了。

分数的旁边用蓝黑墨水画出来的箭头弯出一个翻面的标志。试卷的背面赫然写着几行字。

“托你的福，这次测验得到一个不错的分数。”

惊喜、惊诧、惊慌、惊恐、惊讶。虽然只是一个字的细微差异，但决定了它们各自不同的适用范围。却又都是意料之外，节外生枝，跳错了平常节奏的一部分。

中了福利彩票，是惊喜。

向来拿手的科目挂了，是惊诧。

眼看精心设计的谎言即将破败，是惊慌。

一个人的夜路突然蹿出个人影，是惊恐。

突然得知自己并非双亲的骨肉，是惊讶。

无论哪一种，都不足以简单涵盖叶佑宁看到这行字时的复杂心情。这是逻辑和理性都难以解释的部分。

该怎么去判定那些科学解释不了的事实。戳破常识的壁垒，结成的另类形态。

比如，突然痊愈的绝症。

隔空取物的把戏。

或者是意念杀人的能力。

还有那些在多维空间里存在的生物，是不是也在我们无法捕捉的视野里，嘲笑着我们的短见和盲目？

像是抽离了舞台的魔术，因为撤掉了表演的本质便不再具有哗众取宠的神奇能力。人们不会惊呼着拍手喝彩，用最大的善意去揣度那些捉摸不定的把戏。脱离了聚光灯的保护，魔术便成了蛊惑人心的妖力，徒留恐惧。

{ 3 / 3 }

时间的隧道。

从记事以来，时间就是以不可逆转的形象出现在我们的认知里。它是一条单向延伸的线，指向未来。如果这个设定并不成立，那么光阴似箭、夸父逐日、一寸光阴一寸金，全都变成了空洞的口号，失去了勤勉的意义。

像是那句歌词："如果说最后宜静不是嫁给了大雄，一生相信的执着一秒就崩落。"

一生的相信，一秒就崩落。

3

夏文希

Chapter 3

就像暗恋的心情，只愿躲在背阴的部分浓浓地散出来，一旦拱上台面，就本能地想矢口否认，不想和人分享，不能被人评价，因为某个人而萌发，只能在自己狭窄的心房生长，见不到阳光的畸形植株，带着点瑰丽而又伤感的姿态。

{ 1 / 6 }

放学之前，又绕到图书馆，径直走到最里层的书架前边。拿顶层的书对于夏文希来说吃力了些，也正如此才减少了书被借走的风险。

两年的时间足够让被海浪拍打的岩石更换新的形状。

足够让冰川有了新的动向。

足够让归乡的人找不到来时的方向。

两年里的任何一个独立事件都可能根本改变人生的走向。火灾、地震、大楼拆建，或者只是某个对这些陈旧书籍情有独钟的人，都可能让两年后的人没办法找到刻意掩埋的痕迹。昨天夹在里面的试卷还在。夏文希松了一口气，又像是一阵叹息，失望般空落落的。

在车棚里，陈婷把鹅黄色捷安特自行车从一堆相似的自行车里取出来，弯腰开锁的时候，扭过头来安慰车阵那一头有些无精打采的夏文希。

“别急嘛，那张试卷要过两年才会被他看到呢。”

“你相信吗，整件事？”

“相信啊。”没多想，陈婷笃定地说。

夏文希跨上车，一踩踏板骑到前面去。

陈婷跟上来：“哎，记得问下个月的月考试题啊。”

果然是“臭味相投”的朋友。

晚上，夏文希正在跟一道数学概率题较劲儿。

若事件 A、B 不可能同时发生，则称 A、B 为互斥事件（互不相容事件）；若 A（B）事件的发生与否对 B（A）事件发生的概率没有影响，则称 A、B 为相互独立事件。

那么昨天折进书里的试卷和两年后被他看见，是不能同时发生的互斥事件，还是互不关联的相互独立事件？好像都不是，应该看作完整的因和果，才能符合时间单向流转的规律。因为自己把试卷放进书里，所以两年后的他才能看见。那么，反过来，如果他看见了，就一定是存在于未来的人吗？

手机振动桌面发出蜂鸣的声音，把夏文希从思绪里拽出来。动作太过迅速以至于差点儿把手机从桌上摔下去。

高二先进性实验教育的时候发生过一件事。

发信人发送于：22:32:12 2008-10-18

“什么嘛，这是耍赖啊。这么模棱两可的答案怎么说都可以啊，每天都有事件发生，看看新闻就知道啊。他这是打的心理牌，和那些五花八门的星座书差不多。”陈婷在电话那头愤愤不平地说。

所谓先进性实验教育是这所高中的一个特色项目，和学工学农相似，为期五天时间，参观军事博物馆，参观农业劳作，举办思想教育讲座等项目，美其名曰为了让在和平年代出生的我们感受先辈的艰苦卓绝，忆苦思甜，奋发向上。

对于学生来说，有五天的时间不用去费劲儿搞清楚那些繁杂的化学方程式；奇怪的原子结构；一个放在斜坡上的箱子的受力方式；在同一草场，牛吃了草长成牛，羊吃了草长成羊，这是由于牛和羊的消化方式不同还是不同 DNA 控制合成不同的蛋白质。这自然是要举着双手欢呼的事，事实上，名额有限，每个班级只有 15 个人有幸沐浴这场教育改革的春风。

（2）班按照这次月考的排名来决定参与人选，隔壁的（3）班听说是按照学分来排名，当然也不是每个班级都以成绩作为硬性指标，总会有一些后进生通过各自的渠道进到这支队伍里，如同进入这所学校一般。

夏文希平时成绩在 20 名左右徘徊，为了赶趟儿，考试前一个星期天天熬夜，每天顶着两个黑眼圈像个宝贝似的去上课。陈婷看了心疼，带咖啡来犒劳她，让夏文希曾一度认为“即使是为了友情的力量也一定要挺进前 15”！

“皇天不负苦心人”“天将降大任于斯人也，必先苦其心志，劳其筋骨，饿其体肤，空乏其身”，这些勤勉的警句终于在无数次的默念中显示了一点点本分的力量。夏文希以排名 16 的身份打了个擦边球，又因为第三名要参加某个英语竞赛不得不将到手的机会拱手相让。而陈婷因为化学失误落到了 23 名，无缘本次光荣之旅。夏文希在喜出望外之余又不得不顾及好友的情绪不敢过分表露雀跃的神态，像是在海盗船上必须憋住尖叫一样，有些吃紧。

“好遗憾哪，不可以一起去。”

“是嘛。”陈婷瘪着嘴，丧气的表情一览无余。

“没事啦，其实也没什么好玩的，听说还要打扫鸡舍，被抽到挑粪就更惨了。”那你干吗这么努力啦?

陈婷耸耸肩做出无可奈何的表情，把话题引到别的地方去。

这种安慰没有一点点实效的力量，因为站错了立场，自己是站在胜利者的位置对失败的人说“没关系，这边风光也不见得有多好”。即便这些话是出于真心的，或者是善意的，也会因为俯视的姿态而带上一些凌厉的色彩。是因为我们都习惯了从别人的跌倒中找到站起来的信心，从别人的软弱里重拾坚强起来的勇气。听起来好像是势力的想法，但是忍不住想“要是你也留下来就好了”。

与此同时，在别人的落败面前，我们的悲伤也往往不值一提。虽然明白那种失落、遗憾和沮丧，却压抑不了“幸好不是我”这样带点儿幸灾乐祸的想法。无关乎人性，只是别人的悲喜落到自己身上总是隔着一层，钝化了触觉敏锐的神经，变得有些无关痛痒。

悲人所悲，乐人所乐。那要是什么样的境界呢？

临行那天，因为前一天下了雨，地上还湿湿的，有些低洼部分积了一摊摊水。六辆大巴车在校门口一字排开。留守的同学在教室早读，有人在窗口大喊：“祝你们一路顺风。”隔着几扇窗户的人接了一句：“半路失踪。”惹得一阵笑声。陈婷塞给夏文希一个信封，神神秘秘地叮嘱“到了再打开”。夏文希正拿捏不定要摆出一副什么样的表情来回应时，陈婷就挥挥手走回教室去了。夏文希还是没忍住，刚坐定就拆开包裹得极为细致的信封。大信封里藏着五个小信封，每一个小信封上都写着具体的日期。“一天一封信，像是我天天都陪着你一样。”纯蓝色钢笔字迹，把所有凌厉的转角都用圆弧代替的熟悉字体——夏文希别过头，悄悄红了眼眶。

经过两个半小时的颠簸，到达了目的地。出乎意料的是，驻扎的地方竟然是某个近郊的度假村。女生每三个人一间，住的是带厕所的标准间，有一张床是临时加进去的，挨着窗户，外面是一片竹林。夏文希和同班的一个女生分到三楼走道倒数第二间房，进去的时候，另外一个（6）班的女生还没来，两个人一前一后把和房间配套安置的“正”床霸占了。夏文希睡靠墙的那一张，她把之前带来的旧杂志撕下来，围着墙贴了一圈。

男生就稍微艰苦了一些，一部分被分配到池塘边的一排平房里，另一部分则入宿活动室改装的寝室。说是寝室，其实只是摆进去三张单人床而已，几米开外才有个公共厕所，洗澡也得轮流到池塘边那几个标准间去。老远就听见有男生抱怨“男女要平等啊”！

12 个班，180 个学生，被重新分成三个组。鸡舍、池塘和厨房三足鼎立，每个组负责一个公区，隔天轮换一次。夏文希第一天被分在了厨房那一组，跟着就去准备了。厨房的任务相对比较轻松，剖鱼、削土豆和洗菜。除了剖鱼，其他的在家里都常帮着妈妈做，所以还算得心应手。七八个女生蹲在一个红色的大盆子旁边削土豆，看刀法就能看出有些女生是和自己一样会不时做一些家务的，有一些则是所谓的千金小姐，拿刀的姿势让人忍不住担心下一秒就会削到手指。

剖鱼的清一色都是男生，鱼很滑，握不住，溜出来好几次。有个穿深灰色阿迪达斯 T 恤的高个子男生双手握着一条拼命挣扎的草鱼，问厨房的师傅："这么活泼，怎么剖啊？"

"先摔晕了。"胖师傅笑着回答。

中午吃饭的时候，十个人一桌，夏文希和那个穿深灰色阿迪达斯的刚好分到一桌。九个菜一道汤，鱼被做成糖醋的，吃了半席都还保持着完好的身形，不知道是不是因为看到了剖鱼的过程，有些难以下咽似的。以前爸爸常说下馆子最忌讳进别人的厨房，现在终于明白了个中缘由。深灰色阿迪达斯隔着桌子对对面一个同班的男生说："唐伟杰，你杀的鱼自己都不吃啊？"那个男生回嘴道："你哪只眼睛看出来它是我杀的！"

"没看出来它苦大仇深地望着你吗？"深灰色阿迪达斯嬉皮笑脸地朝那条头朝对面的鱼努嘴。一桌的人都笑了起来。

对面的男生作势要扑过来，深灰色阿迪达斯敏捷地一个转身，从旁边的女生后面绕过去，跑出门外。他的同学也追出去，隔一会儿听见有些距离的声音。

"林嘉祁，@#%&！"

晚饭过后，看了半个小时的《新闻联播》，然后分组自习。夏文希的小组在广场旁边的大房子里，有四张长形的桌子，一个老师守在门口，大家可以看带来的书，或者做习题集。夏文希带了一本《鱼和它的自行车》，又不敢直接拿出来看，伪装在生物书的上面。隔着一个座位的两个男生密谋着某个计划，窸窸窣窣地小声说着话，隐约听到一两句“带了带了”“还没跟他说”。

在乡下，一到了晚上蚊子特别多，靠墙那张桌子的一个男生，不停地在墙上打蚊子，啪啪直响，最后连老师也听不下去了，指着他说：“那个男生，叫什么名字？别影响别人学习啊。”林嘉祁立马接嘴道：“报告老师，他叫灭蚊器。”又引得一阵大笑。

中间休息的时候，大家都走到外面来，把房间里的灯关上，以免吸引更多的蚊虫。男女生分堆站在门口讲话，有些绕到竹林后面的小卖部去买零食。夏文希跑回寝室上厕所，回来的时候，门口扎堆的人都不知去向，房间里的灯还关着，门半开，隔壁小组的教室还热热闹闹的。“大家去哪儿了？”带着点儿疑惑，夏文希推开门。突然蹿出来一个青面獠牙的神怪，血红的舌头、暴突的眼珠，以及绿色的毛发，手电的光从下面打上来，放大了摄人心魄的阴森恐怖。毫无防备的夏文希在这突如其来的侵袭面前忘记了动作，心脏漏跳了一拍，连本能的尖叫都没有。随着突然拉亮的电灯一起爆发出来的笑声，人群不自觉地站成围观的队形。面前的鬼怪把头罩取下来，胸前白色的三叶草标志就着衣服的褶皱凹下去一块，男生嬉笑着暴露在光线下的脸，表情像是说着“怎么样，吓到了吧”。

“带了带了。”

“还没跟他说。”

原来是指这个。

跳漏的一拍追上来，有一些音节嗫嚅着从喉头赶上来，一拍强似一拍，随即连绵成段，像是蓄势待发的交响乐，几经推敲，演变成了汹涌澎湃的高潮。夏文希放声大哭起来，毫不遮掩，她无法自制地放声大哭。

教室里联袂出演的帮凶们像是对这突如其来的反应束手无策一般，呆若木鸡地站成了一尊尊人形雕像，衬托得这哭声越发凄厉。谁喊了一声“老师来了”，其余人慌忙就座，假装翻着桌子上的别人的书。林嘉祁慌了，一手捂住夏文希的嘴，连拽带拖地把她拉出教室。

竹林边，站在光线无法光顾的阴影里，男生还在小心观望着广场那头的动静，捂在女生嘴上的手忘了放下来。夏文希用力地往他脚上踩下去，林嘉祁抱着脚嗷嗷地叫起来。

“干吗啊？！”林嘉祁单脚跳到正面来。

夏文希脸上还挂着泪痕，在阴暗里反着光，怒不可遏地瞪着面前的男生："你干吗？！"

"嘘！"林嘉祁把食指贴在嘴上，又双手合十做出求饶的手势，"我们不是故意吓你的，目标本来是我们班另一个男生，没想到是你走进来了。"

夏文希不说话，瞪着他。

"真的，没想吓你的。"林嘉祁做出特无辜的表情。

夏文希转身从阴影里走出来。林嘉祁跟上去："对不起啦！"

见对方没搭理，径自往前走，林嘉祁跛着一条腿追上去："你很怕鬼吗？"

女生停下来，拿眼横他。

"不是啦，我是说你的反应……跟别人……不太一样。"

"……"

"对不起啊，请你吃东西好不好？"

小卖部的东西十分简单，不用掰完两只手就能数过来，老成都牛肉干，五香味和麻辣味，没有沙爹味道的。麻辣锅巴、绿箭口香糖，最多的还是背后一橱窗堆起来的桶装方便面。平时外面卖四五块，这里索价十元一桶，开水加一块。夏文希要了康师傅方便面，泡椒口味的。林嘉祁怕吃辣，选了口味清淡的香菇炖鸡方便面。两个人站在门口的窗台边上，方便面放在扶墙的平台上，有些矮，弯着腰吃很不方便。林嘉祁一只手撑在扶墙上，一只手握着叉子往嘴里送着热气腾腾的泡面，吃得呼呼作响。长手长脚的，身体是被简单线条随意牵起来的骨架，挂着衣服。之前没注意到男生的五官，虽然不能说精致，但也带着令人心动的特质，从眉心出发的曲线，在鼻子的部分变得刚毅，蔓延过双唇，在下颌收紧，腮帮因为咀嚼显露出清晰的骨骼。察觉到落在自己脸上的视线，林嘉祁转过头来，对着夏文希抬抬手里叉着的面，微笑着比出“好好吃”的样子。夏文希微微一怔，低头吃自己的面。

“哎，叫什么名字？”林嘉祁含着一口面含混地问。

夏文希本来想翻给他一个卫生眼，说“关你屁事啊”，想了想又忍回来，嘴里的面咽下去：“夏文希。”

“哦。我叫林嘉祁，（10）班的。”他稍作停顿，咧嘴一笑，“型男最多的班级。”

这回没忍住，夏文希直接翻了一个白眼给他。

“你几班啊？”

“（2）班。”

{ 2 / 6 }

对于十几年来早已经把“平凡”“普通”“不太容易被记住”

穿戴成最自然的性格特质的人来说，被这个突如其来的插曲猛然推进人们的视线里，像是一株在暗处生长的植物，突然被暴晒在烈日下一般，夏文希感觉无所适从。中午的食堂，自习的教室，竹林边上的池塘，或者通往小卖部的窄路上，总有陌生人带着诡异的笑意从她身边经过，走过去落下来的小声话音。

“是她，是她。”

“她噢。”

而这个被人们频繁提及的她。

不是因为出众的外表、出色的成绩，或者独具禀赋的天资而铺展在灯光里。

这个她，只是胆小得因为惊吓而大哭的懦弱而又滑稽的她。

就在先进性实验教育距离学校两个半小时车程距离的郊外如期进行着的时候，学校里果然发生了重大事件。

（10）班一个女生自杀了。

事情的起因是在先进性实验教育开展的第二天，留守学校的这个女生和同班的一个男生夜不归宿，在教室里待了一整夜。每天晚上都会有保安巡查是否有因为大意没关上的电灯、没关紧的门，赶走迟迟不肯归家的学生。以前班里的一个女生过生日，大家合计着在教室里帮她庆祝。晚自习下课后，等大部分人都走了，才把偷藏在讲台底下的蛋糕拿出来，有男生还偷偷带了啤酒藏在书包里。点了蜡烛正要唱生日歌的时候，被楼道传来的脚步声打断，有个男生反应快带头把蜡烛吹熄，然后几个人大气也不敢出地隐匿在黑暗里。手电的光从门框上的窗户扫进来，径自晃了几圈就离开了。脚步声渐行渐远，直到完全消失后，大家才像是拆了钢筋的布偶松懈下来。

这样讲是为了说明“在教室里上自习”这样的理由是根本站不住脚的。特别是存在着早恋嫌疑的男女生之间，两人在教室里共度一夜，更有了值得诟病的成分。（10）班的班主任是语文组的组长，是个刻薄的作风和学术的专业程度一样闻名的女人。三十出头，离过一次婚。她通知双方家长，把这件事归类到有伤风化的名誉肃清案件里去，强迫那个女生去医院做令人尴尬的检查。咬定了真有什么事发生一样。对于十七八岁的年纪，被功课占据了大部分时光，有喜欢的人，关系暧昧，想要腻在一起的时光也非常有限，晚自习上到 9 点，回家的路程故意拖沓一些可以有 30 分钟。周六被额外的补习填满，好不容易空闲下来的电话聊天也因为有了被监听的可能而胆战心惊。只是想在别人的视线无法光顾的时间里腻在一起。关了灯的教室，适应黑暗后可以分辨彼此轮廓的大致形状，半夜照进来的光映出窗棂的形状，两个人在月光下变成一团模糊的阴影。总是有着十几岁时的浪漫心情，细细说着和课业不相关联的话题，或许只是一幕电影里学来的场景，动人的歌词，喜欢说起来会红了脸，亲密的动作不过是牵在一起的，他的左手和她的右手。

全然不是成人世界里扩充出来的复杂，带着点儿肮脏的气息。

听说是借病没去上课，家长也只以为是发生了这种事后的回避心理，没多在意。下班回家的时候，门一推开就闻见了煤气味，反应过来的时候，已经晚了。

“第二天家长就来闹了。”对于缺席的一部分，夏文希饶有兴致地听陈婷补充完整。

“打起来了？”

“哪能啊，消息一放出来，廖萍就躲在家里门都不敢出。”陈婷撇撇嘴，显露出满满的不屑。

“家长就这么罢休啦？”

“那还能怎么着，这种事只能私了。”陈婷一副明白事理的样子，“报纸都没登，网上好像有篇帖子写这事，虽然用的是××中学的字样，不过一看就知道说的是这个。”

“廖萍太坏了。”

“是嘛，他们班的女生都说她心理变态，专治那些漂亮、家境优渥的女生。”

“她不是离过一次婚吗，没准是让小姑娘抢的。”

如同夏文希和陈婷一样，对这件事愤愤不平的讨论迅速在学校里蔓延着。学校虽然没正面回应这件事，却也通过老师旁敲侧击：“人的一生嘛，不如意的事十之八九，不能总想着用极端的方式去解决嘛。生命是种责任，不仅是对我们自己，还有我们的朋友和家人。”

最伤心的还是家人吧。

妈妈单位的一个阿姨，儿子下水救人的时候死了，从那以后，只要看到和儿子年龄相仿的男生都忍不住看一眼再看一眼，跟着别人走好几条街，缠着人家做自己的干儿子，疯了一样。有时夏文希甚至会忍不住想如果自己死了，妈妈会有什么反应。虽然从小到大，在家庭中，妈妈总是唱黑脸的那一个，夏文希缠着爸爸买娃娃，妈妈反对得坚决，却连夜用旧衣服依葫芦画瓢缝一个给她；平时下手很重，可是打了夏文希，自己却躲在房间里哭。小学五年级的时候，夏文希发高烧，查出来血小板低于正常值，被怀疑是白血病的时候，妈妈三天三夜没合过眼，一句话也不说，就定定地守在床边，像是怕自己一闭眼夏文希就要永远消失了一样。这些都不是直接存在于夏文希脑海中的记忆片段，是和妈妈吵架后，爸爸从中斡旋时说出来的。以前和妈妈矛盾最尖锐的时候，不是没有过自杀这样的念头，想让她后悔，还幻想着自己的灵魂来到妈妈面前，指责她当初为什么没有珍视女儿的想法。那么自己死了妈妈会怎么样呢？夏文希几乎可以想象妈妈拿筷子敲自己脑袋，凶巴巴地说：“你少给我胡思乱想的！”

也会吧。

追了几条街，只是因为别人和自己英年早逝的女儿有几分相似。不是照片里显而易见的雷同，是说不清楚哪里来的女儿的影子，让人上瘾似的想多看一眼，再看一眼。

像疯了一样。

想到这里，夏文希不觉红了眼眶，暗自发愿一定要为了爸爸妈妈好好地活下去。

{ 3 / 6 }

中午，食堂长长的队伍龟速移动着，夏文希把眼睛挑起来试图辨认黑板上的菜色。旁边队伍里领先几个位置的男生认出她来，大声叫她的名字。另一个男生看着夏文希莫名其妙地笑起来。陈婷转过头来小声问了句：“认识啊？”

“不认识。”夏文希气鼓鼓地顶回去。

大门左手边第一排有两个连坐的空位。坐下来没多久，陈婷忍不住还是扯过刚才的话题：“刚才两个男生……（10）班的噢。”

夏文希叉起一块花椰菜，和“（10）班”连带出现的短语是“自杀”，没注意一用力，盘子里的汤汁溅出来，在白颜色的餐桌上打成一个惊叹号。

陈婷笑得暧昧：“是型男最多的班级噢。”

{ 4 / 6 }

后来呢?

发信人发送于：22:48:21 2006-10-31

出殡那天（10）班全体同学自发去送行，学校没有正面回应过，只在校门口的小黑板上贴了一张讣告，那个语文老师听说被调去初中部当任课教师了。一开始家长还来过几次，后来就再没听说过了。

发信人发送于：22:54:45 2008-10-31

夏文希仔细确认着手机屏幕上的汉字，不想错过哪怕零星的信息，因为她知道，这些都将在随后的时光里一一兑现。

{ 5 / 6 }

奇怪的是，有些面孔在被具象成眼睛里清晰的阴影和线条之前，即使就在隔壁的教室和走廊出没，也不见得能遇到几次，而之后呢，哪怕只在上午短短的四节课的时间里，也能让绝缘的两极难得地遇见数次。贯通三四层的台阶，最先看见的是藏青色校服裤子松散的下摆，有一部分裤管被鞋舌顶得窝起来，脚步没有因为频率而特别，继而是白色衬衣散开的两角，袖子挽起来露出手腕上清晰的骨节，手掌藏在裤兜里，看不出更多的细节。在三楼的平台打了个照面，正犹豫着该不该为上次的试卷谢谢他，毕竟也有过几句对白似的交流，在迎面的距离硬生生地转开似乎不太礼貌。夏文希和着心跳的节奏挑选着开口的时机，对方捕捉到探寻的视线，扫一眼，没多做停留，迅速离开。硬生生，没礼貌。恐怕还是不记得吧——物理试卷的事。

中午的食堂。

隔着几排的队伍中间，因为个子高，可以从攒动的人群中轻易被认出来，大部分时间只是默默地站着而已，脸上的表情没办法透露更多的情绪，偶尔前面的朋友转过来说了什么，应和着点点头，像是兀自活在冬天的人，让心壁紧绷起来，又忍不住多看两眼。

与此同时，同理可证。

学校办公大楼是唯一没有现代气质的古老建筑，青瓦红砖搭配起来，被碧绿的爬山虎遮蔽了大部分色彩，里面有些阴森森的。夏文希抱着一大摞生物练习册往二楼的生物组挺进的时候，在迎面几个喧哗的人中瞥见某个熟悉的人影，她下意识地往暗处藏了藏。

“嘿，夏文希。”还是被认了出来。林嘉祁向身边的朋友做出“你们先走”的手势，笑着朝夏文希走过来，随手拿起最上面的一本练习册看了一眼，“生物噢。”接着从女生手里抱过一大半本子，嘴向上努了努，“在二楼。”

“你是生物课代表？”

“嗯。”

“好巧。”林嘉祁从领先几级的台阶上转过来。

“什么？”

“我生物奇烂。”丰沛的光线从台阶上面的窗子涌进来，反身站在光线里的人，只看得清身体大致的轮廓，表情退化成水彩，泛着明亮的毛边，只能从声音里揣测发出来的笑意。

把本子放下来的时候，生物老师瞥了一眼林嘉祁：“你不是（2）班的吧？”

“啊，我（10）班的，萧老师那个班。”

旁边正在桌前织毛衣的女老师闻声抬眼望过来：“林嘉祁，我正要找你呢。”

林嘉祁耸耸肩，一副“天哪”的表情，绕过去：“萧老师，你找我什么事儿啊？”刻意夸张的腔调。织完一排，女老师用空出来的毛衣针指着桌上的试卷：“你看看你考的什么分数！我都替你不好意思。你说要是你的智力水平达不到班上同学的平均值，老师还能体谅你，但我看你数学不是挺好的吗？你这是态度问题嘛。”空着的毛衣针又去挑下一排的线，从成形的部分来看是小孩的尺寸。

“老师也不是爱批评你，你看老师也还有很多事要做嘛。”

夏文希看见林嘉祁的背抖了一下，跟（2）班的老师打了声招呼，走了出去。

不知道是不是因为瞧见了对方令人尴尬的场面，夏文希心中的天平朝自己倾过来一些重量，放学在车棚里遇见时，也没再想逃了，难得开朗地跟他打招呼。林嘉祁跨在自行车上，听见自己的名字，转过头来，看清楚对面的女生是夏文希，抬起一边眉毛算是问了声好。

“你们生物老师很凶噢。”夏文希胆子大了些，推着车走过去。

“是噢。谁叫我是烂学生。”林嘉祁语气里若有似无的玩世不恭。

“你数学不是很好吗？”学着女老师的口吻，夏文希蹬一脚踏板，朝门口冲过去。

“嘿。你很没礼貌哎。”林嘉祁假装恼羞成怒地跟上来，“我说……”

被红灯截在路口，身旁的男生带着陌生的温度，和自己一起挤在车阵中，好像说了什么，没听清。夏文希皱起眉头。

“我说，你帮我补习生物好不好？”

“欸？”

“只要每次考试前帮我划一下重点就好，怎么样？”

“为什么不找你们班的生物课代表啊？”

“跟他们不太熟啊。”林嘉祁露出理所当然的表情。

“我跟你很熟吗？”这句话还没在嘴里成形，被男生“欸”

的一声截断，他指着对面还在装修的店面，“哈根达斯开到这儿来了。”

夏文希顺着他手指的方向看了一眼，哈根达斯的牌子上还蒙着一层塑胶薄膜。

“请你吃哈根达斯作为犒赏怎样？”

不知道是被招贴画上色彩艳丽的甜腻诱惑，还是根本没想要拒绝，剧情最后怎么演变成男生挥挥手说着“就这么说定了”，车把向左边用力，朝着和自己相反的方向，像是一条奋力向上的鱼，在人群中划出一道波痕，慢慢被潮水掩盖。

{ 6 / 6 }

演唱会刚开始放票，论坛上就铺满了关于团体订票、接机、行程安排等各式各样的讨论帖，wenxi0249 和 chenting0396 自然也是活跃在前线的一分子。接机那天是星期四，虽然还有三个星期的时间，夏文希和陈婷已经想好了翘课的对策。为了避免像上次一样和另一个歌迷团体发生冲突，论坛版主置顶了一个规范纪律的帖子，并以取消一起活动资格作为要挟。陈婷本来就因为帖子老被删，和某个地区负责人有着不小的积怨，一看那帖子就骂开了。

“她以为她谁啊，艺人是她家的啊，取消活动资格，她凭什么啊！”电话那头因为激愤而提升的分贝，使得妈妈推门进来问是不是吵架了。不知道为什么，同一个偶像团体要分几个歌迷群，都觉得自己比别人高级似的，相互并不待见，这种不待见也是文人式的，动文不动武的，那句话怎么说，“没有硝烟的战场”。陈婷是这种战争的激斗分子，檄文一篇一篇地发，在论坛里颇有几分人气。偶尔看到某人帖子里关于 chenting0396 的部分，作为朋友的 wenxi0249 竟会忍不住骄傲起来：“嗯，你们说的那个人，是我的好朋友啊。”类似这样的心情。可是她自己毕竟缺少昂扬的斗志和善战的决心，属于所谓的中间派，既然大家是因为喜欢那个团体才集聚在一起的，那么好好喜欢他们就好，怀揣着本本分分的心情。又因为一个学姐是另一个歌迷团体的首领人物，夏文希好几次混在对方的人群里，举过几次牌子，喊过几次口号。无论站在哪个团体里都一样，见到偶像就像坏了的开关似的哭个没完没了，只是个全情投入的歌迷而已。

12 月 6 日那天，下着小雨，夏文希和陈婷双双请了病假，在彼此的请假条上描摹对方家长的签名。据线报人员称，飞机下午 5 点抵达，论坛里 20 多个歌迷约好了带横幅和手牌上阵，红色的队服穿在了校服里面。一到机场，陈婷就把校服脱下来系在腰上。夏文希本想依葫芦画瓢，犹豫了一下，又把校服对折挂在书包的肩带上。对方的阵营已经拉开了架势，举起来巨幅的海报，让气势整个恢宏起来。这边的领队告诫队员们不要泄气，小声地把口号重复了好几次。记者朋友们也如期而至，长枪短炮一副专业的样子。有个打扮入时的女记者侧着脸在和同行的男摄影聊着什么。陈婷扯了扯夏文希的衣袖，把头靠过来：“又是她噢。”因为活动打过几次照面，是在电视里看到时会有诸如“哦，是她啊”这种念头的关系。突然转过来的脸对上的视线，惹得夏文希迅速把眼转开，低头扯手牌上一块开裂的边缘。

5点5分，广播里播报着航班抵达的信息，歌迷们开始兴奋起来。其他乘客陆陆续续地从栅栏后面走出来，看见举着牌子的疯狂歌迷，不自觉地回头往背后看，也有经过的人凑近来认清牌子上的字，“哦哦”地露出恍然大悟的神情，对旁边朋友模样的人说：“这个团体我知道，演偶像剧的嘛。”

“你才演偶像剧，你们全家都演偶像剧！”从后排喊出来的句子。

四十多分钟以后，当机组人员也微笑着从面前经过时，他们一行几个人才姗姗来迟，走在最前面的是吉他手，帽檐压得很低，看见尖叫着的歌迷，挥挥手，笑容可掬的样子。摸不着头脑的记者被吉他手分散了大部分精力，争先恐后地追上去，给后面的人留出了机会。主唱大人走在最后，黑色连帽大衣里面是一件阿童木的粉色 T 恤，没见过的，惹得歌迷们的视线一直停留在那儿。旁边一路人小跑着冲过来献花，冲动地塞到他的胸前，没有退让的空间。夏文希深吸一口气跟了上去，装礼物的绳套在手心起了汗，好像一不小心就要滑下来一样。她从左边绕到前面，双手把礼物递过去。他停顿了一秒，迟疑着，似乎没有要接的意思。旁边助理模样的女生道着谢伸手接了过来，挂在手腕上，和其他礼物一起。

有多久？一秒？一分？还是一个世纪那么长？一个没有预料的微小举动突破了想象的本质，在心里反复排练的脚本并没有如期在现实里上演，口腔唇齿的组合形状扇动微小的翅膀，震动耳膜，经过神经的反复传递，在脑海里投射下的意义是“谢谢”，但那“谢谢”也不是他说的。没有手掌温热的触感可以准确分辨属于他的温度，是和别人不一样的度数，是要在很久很久以后，用自己的左手去握自己的右手也没办法复现的记忆，像是铅笔描摹的图本，越是想让它变得更加清晰，越是发黄泛起粗糙的毛边。这些都是不曾出现的部分。取而代之的是，陌生的迟疑和距离的疏远，其实本来也不曾真正熟悉过。血液是在心壁板结的颜料，手指随便一碰就会掉下来。夏文希呆立在原地，目送他们走出机场大厅，雨下成绵密的一片，看不出形状，像雾一般，却更加湿润。女助理把伞撑开，大部分遮蔽在他头顶的空间，余下来的空间被湿气侵占，晕出一圈晦暗不明的边缘，包覆了所有凌厉的形状。

就这样了。

就这样了吗?

赶在他上车之前冲出去，因为身高，眼睛平视的侧面刚好可以看清楚他下颌没刮干净的胡茬，最在意的鬓角，头发后面因为倚靠塌下去的一片，手指空洞地垂在身边，是让人忍不住想要握住的姿势。自己说了什么有些记不清晰了，是“请你一定要看”，还是“准备了很久”？他频频点头应答着，钻进车门。车窗反射的光，让想看进去多一些的奢望变得徒然，站在深色玻璃里的，是自己被打湿的刘海儿贴着脑门儿的狼狈模样，随着汽车的发动一寸一寸向后移动,像是一个跳动的小人,被新鲜的风景挤出屏幕,留在了原地。

像是要被这雨水浸湿了一样，一路冷到心里去。天空被突然截成两部分，一边是继续湿漉漉的情绪，一边是被屋檐保护起来的狭小空间。夏文希站在这片干燥的土地里，转头看见为自己打伞的陈婷，一个没忍住，放声哭了出来。

晚上，几个频道的娱乐新闻里陆续播放着自己在雨里失声痛哭的场景。一次一次心惊胆战地跳了过去，被当作疯狂歌迷的自己不想被认出来。为什么不想被当成他们的狂热分子呢？就像暗恋的心情，只愿躲在背阴的部分浓浓地散出来，一旦拱上台面，就本能地想矢口否认，不想和人分享，不能被人评价，因为某个人而萌发，只能在自己狭窄的心房生长，见不到阳光的畸形植株，带着点瑰丽而又伤感的姿态。

而对自己来说，那些偶像究竟该怎么定义呢？他们是被自己小心供奉着、崇拜着，喜欢着的不真实，歌词一字一句写到心里去，细桩短棍构建出来的血肉，就认清了各自的眉目，你以为他们是这样那样的。而真实的部分在遥远异乡一格一格存在着，近不了身，却也好像和你没有关系似的，你以为自己喜欢的是正在喜欢着的他们。一脉相承却又可以互不相闻的两种侧面。

由于电视新闻这般险象环生的经历，隔壁班的女生都跑来笑呵呵地问："是你吧，昨天那个是你吧？"因此只能缺席演唱会前的几场活动。那天过后，夏文希整个人像是被抽光了气力，恹恹的样子，打不起精神。下课的时候趴在桌上，银杏叶已经开始变成橙黄色，轻轻地搭在枝干上，被风一吹就旋转着落下来，即使是把整个脑袋横向放置，进入眼睛的植物仍然兀自纵向生长着。据说进入眼睛的事物其实是倒置的，是传递给大脑的神经发出了翻转的指令，所以我们意识到的画面才是正向的。像是某种本能，或者说一种习惯，习惯了把你揣度成我以为的样子。

骑车走到一半才突然想起隔天要交的化学实验册落在抽屉里

了，在绿灯放行的刹那掉转车头，引得后面一阵抱怨。不过几十分钟的时间，之前还是一派年轻欢愉的气氛，有人拿拖把在走廊的水泥地板上写出大大的“好”字，看起来像是女子。有“喜欢”的意思。现在却安静如无人之地，夕阳饱和的暖黄色看起来像灯光，从很近的地方照进来，从玻璃窗、金属栏杆、池塘的水面反射出耀眼的光亮。一派祥和安宁——老派的说法。只是让人忍不住想要多待一会儿。

以前也有过类似的情形，帮老师统计英语成绩到很晚，回教室取书包的时候楼道已经安静到只能听见自己空荡荡的脚步声，夹在两排教室中间的走廊，被暗调填充，呈现出和白天完全不同的模样，像是会有些什么离奇剧情要在这里上演一样。半夜偷偷跑来练习库洛牌，声音在密闭空间里碰撞，并不急着消散，一层一层漾开，像水纹一样。虽然我们并不可能真的看见声音消散的形式，只是脑子里会有一张初中物理课上的示意图来报到。图文并茂，好像是这么说的。以至于很多年以后还能哼唱一首歌前面的一小段，却从来不曾知道歌词实实在在的意思，更确切地说是一种情绪适合在记忆里回放。

三楼通往四楼的半截平台里传来细碎的人声，夏文希是经过楼梯口时无意听见的，下意识地侧了侧身。最先看见的是衬衣的下摆，往上走是漫在领口的黑色头发，黑白分明非常扎眼。背对着夏文希弓起一部分身子靠在栏杆上。“好巧。”辨认出轮廓后的第一个想法。

“学习怎么样？”成熟的声线，有些上了年纪的味道。

“还行。”听不出比平常更多的温度。

“身体呢？都长那么高了，上次见你的时候才到我肩膀这边，是初一的事吧？”

“不记得了。”

“有时间还是回家看看吧。”

“我的家只有一个。”停顿了几秒，“我和妈妈的那一个。”

因为太过安静，连叹息都显得清晰。

“你还小，有些事情还明白不了。”

扶在栏杆上的身体突然站直，被楼梯挡去了一半。“也不想明白。我该回去了。”猝不及防的掉转，让夏文希急着要躲，一个踉跄顺着台阶跌了好几步，反身抓住扶手才好不容易稳住了重心。只是连接楼层的回廊而已，没有更多可以隐藏的地方，顺势迎来皱紧眉头的脸，嫌恶的目光从身上划过去，经过时扬起的风才让夏文希意识到脸上皮肤温度异常，被当成偷窥狂了吧。

经过好长时间才从上方又响起来脚步声，沉滞而缓慢，方头皮鞋擦得锃亮，西装裤是深棕色，衬衣扎在皮带里面，像所有爸爸一样握着黑色方形的皮包。因为发福微微隆起来的肚子，五官还看得出年轻时潇洒的痕迹。看到夏文希，他微微一笑，从身边经过走下楼去。

有些相似。

哪里相似了具体说不上来，好像是眼睛，或是鼻子？

过了高峰期，街道显得有些冷清，远处是霓虹点缀的夜幕，脚下是被一盏盏路灯映照的橘黄。影子从前面转到后面，越拉越长，越变越淡，快要消失的时候又跳回到前面，循环往复，周而复始。没办法不去揣度那些无意听来的对话，中间预留了大量可供衍生的空间，类似不太平常的情节。直觉不应该是平常父子之间的对话，虽然不太清楚平常父亲和儿子该有的模式，只是从书本里听来儿子对父亲的爱里往往夹杂着一些类似崇拜的成分，不似女儿这般单纯的依赖。很小的时候觉得自己喜欢爸爸比喜欢妈妈多一些，妈妈心眼小、脾气又坏，爸爸总是笑呵呵地把“乖女儿”挂在嘴边。零花钱从来都是爸爸背着妈妈给的，和妈妈爆发战争的时候，爸爸总是护住自己这一边的，肯德基的儿童套餐永远是爸爸每周省下的烟钱换来的。即使偶尔拌嘴赌气，也是爸爸放低姿态哄自己开心。父亲似海洋，只有父亲是不离不弃的，在他的温柔里，即便自己的任性再怎么恣意，也会在一片汪洋里被原谅。

虽然明白不是所有父亲都一样，或许只是在笑容里看出来和自己爸爸雷同的特质，就认定了他也是温柔慈祥的爸爸。

“今天看到你了，还有你爸爸。”在手机里输入一行字，犹豫了一下又全部删除，回想起那种嫌恶的表情，或许是不想被提及的过去也不一定。

今天我不是有意偷听的，你和爸爸的对话。

发信人发送于：22:23:12 2006-12-11

4

Chapter 4

叶佑宁

父亲这个词只在 6 岁以前显示出他原本该有的重量，其余的成长里，那只是一个禁忌的符号，像是 4 之于中国、13 之于西方一样，是被刻意规避的字眼。

KTV的欢唱已经持续了3个钟头，自己一直坐在沙发的拐角，麦克风的线在脚下纠缠了好几圈，今天是朋友的生日，一群人在KTV庆祝，大部分都不认识，认识的又不太熟悉。朋友早就醉在了一边，会唱歌的生日蜡烛落在一边角落里，还在一闪一闪亮着灯，生日快乐的旋律被房间的巨大音效掩埋，有些喧宾夺主的感觉。桌子上的手机突然亮起来，有新进来的短信。

今天我不是有意偷听的，你和爸爸的对话。

发信人发送于：22:23:12 2006-12-11

正在播放着的是首欢快的歌曲，大家都站起来，话筒在三五个人中间传来传去。以至于门在身后合上的时候，心底的阴郁才猛地浮上来，欢愉的气氛里悲伤总是显得多余。

父亲这个词只在6岁以前显示出他原本该有的重量，其余的成长里，那只是一个禁忌的符号，像是4之于中国、13之于西方一样，是被刻意规避的字眼。6岁那年，和妈妈搬到城市另一边，从此相依为命。父亲就从自己的童年里淡出了。再次见到父亲已经是两年以后，偷跑来学校看自己的父亲，带着那时正在流行的卡通书包，笑着对自己挥手，熟悉又带点儿陌生。迟疑也只是一刹那，很快就兴致高昂地跟父亲讲起了两年里他缺席了的自己的成长。小孩子的叙述是不是有些不得章法，连贯的部分逻辑有没有派上用场？父亲只是一直认真地听着，好像怀着莫大的兴趣，偶尔伸过手来擦掉自己嘴角残留的食物。久违了的父亲的触觉。拉着父亲手的踏实感，在家门打开的一刻就破灭了。母亲把自己拽进去，对着父亲喊：“你来干什么？！你凭什么来？！”

“儿子是我的，我为什么不能来？！”父亲没有要退让的意思。

“你早就不要这个家了，还好意思来认儿子！”

“张丽萍，你不要把大人的事扯到孩子身上去！”

8 岁大的叶佑宁被父母激烈的争吵吓得哇哇大哭，母亲转过来对他大声喊“不准哭”。父亲把他拉过来冲母亲喊：“你还有没有点儿做妈的样子，对孩子凶什么凶！”

“要你管，我的孩子我自己管！”母亲把叶佑宁重新拉过来，看见了背上的新书包，一把扯下来，扔到父亲身上，“他的东西不准要！”

父亲因为愤怒而扭曲的脸让叶佑宁觉得陌生又害怕。父亲握起来的拳头像是要把骨头捏碎一样，不敢想它会落到什么地方。最终父亲只是弯下身，捡起扔在地上的书包，默默转身离开。直到现在，叶佑宁都还记得那背影的僵硬姿态和长大后才能体会的无力感。也是在很久以后的电视剧剧情里才找到了母亲变得歇斯底里的原因，对父亲的离开才多了那么一点儿怨怼的情绪。

很难准确定义那恨的分量。像是出于对母亲的顺从一般，有些敷衍应付的恨，是结在水面上的薄冰，经不起推敲的。骑着自行车请了一下午假来开家长会的是别人的爸爸，作业后面苍劲有力的签名是别人的爸爸，游乐场高空游戏用手护住自己孩子的都是别人的爸爸。生命被舀走的部分，从来不曾被母爱填平过，孤寂寂地一直空着，落进去的东西听不到回音，不知道会在某天开出什么样的姿态来。一直想要掩盖，却总在一些平平常常的片段里踩踏下去，满坑满谷全是伤。其实那都是爱。不过这也是很久很久以后才会明白的道理。

我的语气很坏吗？

发信人发送于：22:25:11 2008-12-11

那倒没有，你只是很严厉地瞪了我一眼。

发信人发送于：22:28:09 2006-12-11

我是说，跟我爸。

发信人发送于：22:32:41 2008-12-11

哦，没有很坏，只是……有点……不那么亲切。我和父母吵架的时候也会那样，因为是我们最亲近的人吧，所以变得无所顾忌，因为知道最后一定会被原谅。

发信人发送于：22:37:08 2006-12-11

嗯。是吧。

发信人发送于：22:40:12 2008-12-11

Time

Machine

夏文希

Chapter 5

5

而此刻站在身边的人，他空垂的左手只和自己藏在袖子里的右手保持着微小的距离，被周围的人群推搡着，偶尔会有触碰的交流。

因为时间的错误交叠，让他褪去陌生的身份，从此在自己的眼里不可抗拒地特别起来。

是隔着两年时光和自己约好了“一起去看看”的人，像是那些无法解释却被深信不疑的“缘分”投在懵懂未知的心里。

{ 1 / 12 }

演唱会贴心地选在星期六，消除了逃课带来的不良影响。晚上 7 点 30 分开场。夏文希从早上就开始准备了，洗了澡，头发用新买的焗油膏裹了半个钟头，红色会服上个星期就洗好了。因为天气，在里面搭配了白色的打底衫，出门的时候还是被妈妈揪了回来："穿那么少要冻死的。"没办法，只好随便套了件外套蒙混着出门，还没走出小区大门就脱下来塞进自行车的车筐里。12 月的天，已经是说话时会起白雾的天气了，骑在自行车上的夏文希被风吹得直哆嗦，没走多远，握住把手的手就冰凉了，忍不住还是把外套又穿上了，自我安慰着也没必要到处宣扬自己是要去看演唱会嘛。

到侧门口的书报亭时，陈婷已经等在那儿了，戴了顶红色的帽子，非常显眼。夏文希停到她面前："嘿，小妞儿，打扮那么漂亮等谁呢？"

陈婷把冰凉的手贴在夏文希脸上："等你呢。"

她们是来得比较早的一拨，门口已经有一些贩卖荧光棒和明星商品的摊贩。夏文希被几张贴纸吸引了目光，陈婷拉着她往里走："有人都在排队了。"

她们是南门的票，在场馆的背面，转过去一看，版主已经等在那里了，脚底下放着一个纸箱子，看到夏文希她们就直嚷着快过来帮忙。蓝色加粗的荧光棒，一人两支，现在还是透明的流质状态，只要掰一下，就会慢慢泛起蓝色的荧光，不知道是什么原理。

半个小时以后，人群就大规模地抵达了，隔天的电视新闻里报道这一带发生了严重交通堵塞。很快，各个入口就排起了长龙，大部分是红色的，也会不时出现跳队的颜色。夏文希和陈婷忙着把荧光棒分发下去，并登记着会员人数。负责海报的同学还没到场，打了好几个电话都是无人接听的状态。版主急得直跳脚。7 点钟开始检票了，七八个保安分守在检票口的两边，比机场安检差不了多少，就差用那精密的仪器检查你是不是携带了违禁物品。不知道里面谁喊了一声，引起人群一阵骚动，队伍被冲得有些七零八落，每个人都横冲直撞地往里面挤。有个看台区的人想混进内场，被保安揪了出来，人群才又稍稍平静下来。

{ 2 / 12 }

内场的人进来得差不多了，负责海报的同学才满头大汗地冲进来，连连“不好意思，不好意思”地解释着遇上了塞车，一路跑过来的。本来不用那么赶的，因为大牌们推迟了半个小时才优雅地登场。夏文希把准时掰开的荧光棒往衣服里藏了藏，怕它很快就有辱使命地暗掉。

随着灯光暗淡下来，尖叫声四起，音乐响起来，主角们终于露脸了。

几首快节奏的歌曲唱下来，歌迷身上都蹦出一身细汗，手也举酸了，声音也喊哑了，随后的几首抒情歌曲刚好可以休息一下。是一首感伤的歌，独自站在灯光里的人，被头顶的一束暖光照亮，眉眼的细节被柔和地放大，微微皱起来的眉目和因为用力咬紧而更加明显的下颌线条，都给人真诚的感觉。灯光里的景象竟也显得似真似幻起来，夏文希突然觉得这一刻又是那个她所熟悉的形象了。歌词里是想要给你自由的温柔，即便是表演，也让人的心一寸一寸板结成块，快要碎下来。

一首一首唱下来，是CD里反复演练过的环节，没有太多惊喜的成分，然而还是本本分分照本宣科地一遍遍喊着“安可”。“安可”这种大家心照不宣默认为程式化的东西，喊起来却从来不缺少半分热情，好像在现场的气氛里泡一泡，人也变得简单偏执起来，一开始或许零落的声音逐渐演变成壮观的一大片，带着要把屋顶掀翻的狂热气息。这才是他们想要的效果吧。

即使明白背后那带点儿虚荣的小心机，也不曾有叛逆的意思，是想要给予的心情，想要把在自己人生里不能实现的平淡愿望和伸长了手臂也触碰不到的华丽情节，都送到他那边的世界加倍地存在下去。

只是想要把这些都给你。

终于在一片鼎沸的人声中又站回舞台，有人惊呼尖叫，有人继续卖力地喊着他们的名字，还有人站在热闹的场景里默默擦拭着眼泪。到最后一首歌的时候，夏文希坐在板凳上，前面挤在一起的红色背影遮挡住了舞台的大部分，这个角度，只能从身后的大屏幕上辨认粗糙的影像，而他们呢，又能看清楚哪一个？

视线又轻又浅，从左边到右边，或者从右边到左边。

夏文希想着如果他们的眼睛是台精密的仪器多好，即使刻板生硬地扫描，主观上不能给予更多的意义也好，仍旧毫无差别地记录下眼睛看见的一切。而不像普通的人类眼睛那样，只把自己留成布景里的一个小点，再多也没有，笼统地装帧成“我的歌迷”。

从来没有哪个时刻会像现在这样，如此渴望能在人群里特别起来。即使显得孤单也好。

{ 3 / 12 }

散场的人群中，夏文希和陈婷被冲散开来，被夹带着进到左边的甬道。在门口四处张望朋友的身影，穿着白色外套的男生在红色海洋中异常扎眼。林嘉祁挡在额前的刘海儿被风吹开，露出带笑的眉眼，低头应着什么，转过人群，随后进入眼幕的是穿白色连帽衫的长发女生。混在人群中，非常扎眼的两个人。

{ 4 / 12 }

逸夫楼三楼的休息室是预科班的领地，一到周末就显得非常冷清。用彩色塑胶线绷成的椅子，坐上去软软的，桌子像百叶窗一样是一条一条拼成的圆，四周是有机玻璃的浅蓝色，把天映得阴郁。夏文希用红笔圈阅出重点的部分，有些地方细心地画出箭头做了批注。旁边的男生挂着蓝色耳机，翻着一本篮球杂志，脚在地上有节奏地打着拍子，没有一点儿像是为了下周的生物月考烦恼的样子。旁边巨型盆栽繁衍开的枝叶有一片耷拉下来，盖在空出来的座位上。周六的三楼休息室，只有两个人，连负责清洁的阿姨都不会来打扰。一大一小两只星巴克的纸杯，摩卡星冰乐和拿铁口味，好像约会一样。

约会？

怪念头！不害臊！

夏文希“啪”的一声把书在林嘉祁面前合上。

对方摘下来一边耳机，笑着问：“画完啦？”

“林嘉祁，是你求我帮你补习好不好！”

“不是求，是请噢。”伸出来的食指，学着电影剧情里的动作左右摇晃着。

“你到底要不要学？”

“等一下嘛，还有一点儿就看完了，这一期很精彩哎。”

孺子不可教，非不能，不为也。

坐了一下午，脖子也酸了，夏文希干脆趴在桌子上休息，被阳光拓在地上的影子头顶发着亮，眼睛不用刻意聚焦的部分是桌子蓝色的硬质塑料板条，手指落进条隙里，在地上变成多出来的一块，顺着被影子夹在中间的部分，像一条笔直的路，一直一直延伸下去。

两边快速变化的风景是坐在车厢里看到的。

梦见去谁的家里玩，遇见了好多别人的朋友，在返程的汽车上，突然想起和你是同学这件事，大喜。怎么会忘记和你是同学这件事呢？偶然一个学期还成了你的同桌，目睹了你上课偷懒的睡姿。听你讲了练习吉他的事，你还伸出手指让我看上面厚厚的茧，一副扬扬得意的样子。那个时候，我还不知道“五月天”这个名字，是认识你以后才留心起来的。

突然袭来的记忆让我莫名地激动起来，不停地跟车厢里别人的朋友交谈着你是我原来的同学这件事，还故意把“曾经同桌过噢”做了婉转而强烈的修辞。

可是，怎么变成现在的模样了呢？为什么好像只有我记得我们曾经同桌过这件事呢？好想打电话去问你。

我怎么可能忘了问你要电话呢？

心里还想着，回学校后，一定要厚着脸皮说服老师让我坐你旁边的位置。谁的手机突然响起来，铃声是《温柔》。

不知道不明了不想要　为什么我的心

明明是想靠近　却孤单到黎明

清唱的，又不太像你的声音，窗外的风景向后退得越来越快，就像要飞起来一样。车厢里的人突然不知去向，手机的铃声还在一遍一遍唱着，越来越近，越来越近，就这么醒过来。

不打扰　是我的温柔

寻到了梦的缘由。旁边男生的小声哼唱。

“不要唱。”夏文希又闭上眼睛。

“把你吵醒了？对不起啊。”

“不要唱他们的歌。”

“为什么？”

“反正就是不要唱。”

{ 5 / 12 }

听说今年的游园晚会分派到各个班级自行组织，往年都是由学生会统一举办的，也不知道是谁的提议。官方消息还没正式传达下来，班里的同学已经开始了到底举办“恐怖屋”还是“美食店”的争论。

“女仆美食店啊。要和国际接轨嘛。”某个男生谄笑着提议。

“还男宠店呢。脑子正常一点儿好不好。”女班长翻着白眼顶回去。

没过几天，整个学校都在风传着关于游园活动的内幕消息，活跃在前线的线报分子已经开始发起向其他班级打探密报的行动。（12）班似乎准备办塔罗星象小组，一改往日刻板的印象。

“想不到他们班还挺新潮的嘛。”陈婷一边洗着手，一边对着镜子里的夏文希说话。

“嗯，比‘鬼屋’好。”

推着车从车棚走出来的时候，听到有人喊自己的名字，一回头，看见林嘉祁踩着自行车赶上来。

“又是你。”阴魂不散的。

“怎么说话呢这是？”林嘉祁接着问，“游园活动的事听说了吗？”

“地球人都知道吧。”

“我们班猜灯谜噢。”

“还真普通。”

“奖品很特别。”林嘉祁眉毛挑起来，一副掩饰不住的得意样。

“哦。”

“你不好奇啊？”

“不好奇，完全不好奇。”夏文希推着车继续往外走。

“花美男香吻一个噢。”

夏文希侧过头来，做出一个想吐的表情。

“你们班呢？”林嘉祁踏出一脚跟上来。

“保密。”

“保什么密啊，学生会的名单都报上去了。”

“那你还问。”夏文希跨上车，趁着绿灯朝右拐过去。

官方文件下达的第二天，一份长达 8 页的策划书就送到了班主任的手里。他老人家在兴叹之余不忘教诲：“要是学习热情能有这个的一半就好了。”

（2）班最后还是以美食为主题，毕竟在这样全民欢愉的气氛里，有口腹之欲的人是不会少的。身为文娱委员的陈婷早早地定出来预备的菜单，最后还是容易操作的快餐食物赢得了出场机会。

（12）班的塔罗星象屋申请到了图书馆的一间休息室作为活动场地，提前一个星期就开始准备了，窗子拿黑色的幕布挡起来，保密措施做得相当周全。夏文希借书经过的时候看见门口露着一条缝，不自觉地探头瞧了瞧，还没看出个所以然来，就被人说着“借光”从面前经过，进到里面，把门关在了身后。

{ 6 / 12 }

2006 年你们班的游园活动很神秘噢。

发信人发送于：21:25:33 2006-12-20

呵呵，不要妄想从我这里套出什么情报噢。

发信人发送于：21:26:11 2008-12-20

才没有呢，不过很期待啊。

发信人发送于：22:30:17 2006-12-20

不知道今年会搞出什么花样来。现在的高中生想法另类多了。

发信人发送于：22:33:21 2008-12-20

那，一起去吧。

发信人发送于：22:40:13 2006-12-20

夏文希自己也不明白怎么会说出“一起去吧”这样匪夷所思的邀请。2006 年的自己和 2008 年的男生，哪里看出来有“一起”

的可能。两条各自延伸的平行线，连影子都没办法牵连，即使有过并行的交流，也寻不到承接宿命的交叉点，可以向对方许下同行的诺言。世界分成两边，总有一半被想象占据。

{ 7 / 12 }

游园会晚上 7 点钟开始，并不曾改变学校“照常上课”的事实。整个上午的课堂都弥漫着浮躁的情绪，老师也都好像是有所准备地挑着不太重要的章节讲。中午吃过饭，劳动委员就去食堂搬出来提前借好的微波炉。几个骨干分子也逐一开始了准备工作。桌子被两两拼成一个长方形的餐桌，铺上女生从家里带来的桌布，颜色各异。

游园会刚开始的时候，几个以美食为主题的班级门庭若市，挤满了前来觅食的人群。夏文希逛了一圈看看也没有自己能插足的地方，想着到别处逛逛。（10）班的教室挂起灯笼，为了安全起见，用的是插电的那一种。教室的中间牵着一条条的线，灯谜都夹在上面，有猜出来的就取下来，拿到讲台上去兑奖。

刘伯温启奏，朱元璋点头。（五字常言）

两人十四个心。（打一个字）

是非只为多开口。（打一个字）

匪？

四季如春。（台湾地名）

恒春？

瞳孔遇光能大小，唱起歌来妙妙妙，夜半巡逻不需灯，四处畅行难不倒。（打一动物）

这个简单。猫。

樱桃老丸子。（05 级某班主任）

哈。这也行？

“嘿，你在这儿噢。”林嘉祁在背后拍了拍夏文希的肩，“刚才从你们班门前过，没看见你。”

夏文希扯过来写着“樱桃老丸子”的那张灯谜举给他看。

林嘉祁露出“你知道”的坏笑表情。夏文希又把纸条夹了回去：“不知道。”

“有猜出来的吗？带你去兑奖。”

“我才不要。”

“说真的啦，那些奖品我们班可是下了血本的噢。”

讲台那边有人喊着：“林嘉祁，快过来帮忙啦。”

夏文希朝他摆摆手，做出“你忙你的”的表情。

“那你先逛逛噢。”林嘉祁边走边大声地说，“给你优惠啦。”

夏文希又逛了几排，发现几个暗示校内八卦的谜题，笑起来，却并不伸手去揭。那边林嘉祁和几个女生打得火热，仔细一看，到这边来猜灯谜的大多是女生，不由得羡慕起（10）班传说中的资源来。林嘉祁像是在为她们介绍灯谜的由来，不知道从哪儿抄来的资料照本宣科，文绉绉的措辞并不适合他，他还是应该挑起粗糙的神经得意地宣称“（10）班是型男最多的噢”那一种。

看样子他一时也脱不了身，夏文希转了一圈就从后门走出去了。旁边的（9）班是立体电影放映厅，从门口领一副特制的眼镜就可以观看了。夏文希瞥了一眼，黑压压的一片人影，还是退了出来。（7）班是和自己班级竞争的美食主题，门口几个高个子女生穿着粉红色带花边的围裙，笑容可掬的样子，说着日剧里的“欢迎光临”。因为是竞争关系，她避嫌地挑了另外一边甬道，直接通向塔罗星象小组所在的图书馆。

临近走廊的几扇窗户依然被幕布遮掩，探不到更多内容，只不过门是敞开的，撩起来黑色天鹅绒的门帘就能进到里面去。教室的四周点着蜡烛，角落里点着一盏会旋转的精油灯，光线顺着依次掠过的图案变换成不同的颜色。

“欢迎来到塔罗星象屋。”一个穿着黑色长袍、头戴礼帽的男生把夏文希吓了一跳。看仔细了发现那件长袍是毕业时穿着照相的学士服。左边用帘子隔出来的小空间里，一个女生装扮成女巫模样正在解释一张牌面。夏文希挪过去，等在幕的这面小心观望。

“‘恋人’L’AMOVREVX

相关语：结合

对应星象：双子座

“‘恋人’这张牌明显象征着一种完美的爱情观，但细心看，牌中三人行的图像也暗示出一种‘选择’的征兆来。在两者之间无法取舍，正如理智同感情、现实同梦想，往往矛盾着左右人心。

“正位象征着：幸运的结合、同心协力、情投意合、光明、相爱。

“在爱情方面的解释是：在聚会中结良缘，朋友的帮助而结合，恋爱结婚，由朋友成为恋人，自由幸福地交往。”

“那是很好的意思噢？”

“可以这么理解啊。恋人是爱情塔罗里最受欢迎的一张牌。”

那个女生道过谢开开心心地走出去。摆阵的女生探过头来问夏文希要不要算一下。

“不用了。”夏文希摆着手，尴尬地从幕布后面逃开。

活动室的另外一边是有关星象的部分，巨幅的黑色底幕上用荧光材料贴成各个星座的大致模样，只认得出双子座的形状。窗口的桌子上摆了一架单筒高倍望远镜，从窗口直直地伸出去。夏文希走过去，闭着一只眼睛用另外一只去看镜头那一边的风景。不是立刻就能分辨出来的形状，需要几秒适应才能看出来的光亮，三颗并排的星星像是一条腰带卡在中央，是——

“猎户座。”有人把夏文希心里默念着的答案说了出来。

循着声音看过去，深黑色头发的男生，穿着赭褐色防水材质的外套，在烛光下微微发着亮，是之前没见过的。两只手插在衣服口袋里，倚靠着墙站着，刚才没注意到。

一时间不知道该拿出什么样的姿态来应承。

男生兀自走过来弓腰摆弄着这架精密的仪器，对着某个部分调准焦，抬起头示意夏文希过来看。

“从猎户腰带挂下来的是他的剑，它是由四合星所组成。如果利用双筒望远镜，便可看到它那些年轻的恒星、发光的气体及尘埃。”资料里的专业解说。

“能看到双子座吗？听说就在猎户的旁边？”

他又过来摆弄一阵子：“猎户座的西北方向，两颗星。”转向夏文希，“一明一暗。”

夏文希把眼睛贴上去，出现在望远镜圆形视窗一头的那颗星比想象中平凡，像是随意被取景框圈进来的两颗星球，一明一暗，明显的强弱关系。

“能看到的只有两颗，实际上双子座是个六合星座。”

夏文希仔细寻找着遥缀在夜空里的另外四颗星。

“对双子座很感兴趣？”他突然掉转的话题，像是特别针对自己说的。

“嗯，我是双子座的。”后半句“你呢”被硬生生地吞了回去。还没有熟悉到随便打听的地步。

叶佑宁点点头，分不清楚是敷衍或者只是出于礼貌。

“人不多噢。”夏文希说着化解尴尬的随意用词。

“嗯，是很少。”叶佑宁接着说，“不用太忙。”

“我们班是做食物的。”

“（7）班？”

“（2）班。”

叶佑宁点着头，视线不知道落在哪里。

“要不要去吃？”随着对方抬起来的视线一起落进眼睛里的，是不知道从哪里蹿出来的莫名勇气，知道对方的名字、班级，正式的对话也不过几句而已。先抛开那些无法被常理吞噬的神秘现象不予置评，单单从眼前来看，他连你的班级也记不清，名字更是无从提及，即使能在视线里有一些重量，也是在几个星期前被当作“偷听狂”的负面印象。刚才多出来的热情或许只是因为准备的解说也派不上用场而已，自己是怎么得寸进尺地说出来“要不要”牵头的句型的？

因为紧张而咽下的口水，是不是有了饥肠辘辘的意味？

“左边还是右边？”

“？”

“你们班在走廊的左边还是右边？”

我们往往低估了美食的诱惑力，活动才过半而已，（2）班的营业已经宣告结束了。收拾餐具的班长歉意地说：“没想到生意这么好啊。早知道就多准备了。”又弯下腰，在柜子里翻出半袋白吐司，问夏文希要不要。

夏文希有些尴尬地看着叶佑宁小心地问着：“要不要去（7）班看看？”

“能填饱肚子就行。”说着，叶佑宁上前一步接过班长手里的半袋面包，随口说了声“谢谢”。

四楼的教室没有活动，所以通往三楼的楼梯上没有来来往往的人群。挑了一个较高的位置坐下，从这里可以把操场上活动的几个阵营尽收眼底。（4）班是竹竿舞，好几个人总是在第二跳被夹住。（5）班还是（6）班的抢板凳，一个胖男生把一个女生撞翻在地，旁边班级是踢毽子，一二三四五，一二三，有个女生竟然一连踢了 39 下。

夏文希从陈婷那里抢过来仅存的两听奶茶，一听递给旁边的男生，一听自己留下。叶佑宁把面包的塑料包装撕开，递给夏文希。夏文希低头快速看了一眼，5 片，不能被 2 整除的单数。想起赤名莉香和永尾完治一人一半分着吃的包子，夏文希赶紧挥着手把这个念头铲除干净，摇摇手里的奶茶："我喝这个就好。"

晚会的舞台已经开始准备，有人对着话筒不停地"喂喂"试音，音箱里偶尔爆发的尖锐噪声，像是指甲划在黑板上，让人从心里酸出一阵鸡皮疙瘩。已经有人率先为接下来的演出抢占先机了。围着舞台零零落落地站成一圈。晚会从 9 点开始，会一直持续到倒数跨年。每年都会有等在门口担心学生安全的家长，一墙之隔，不自觉地形成两个阵营。

{ 8 / 12 }

那些特别的日子。圣诞、元旦、春节，还有每年的生日。

并没有比另外 364 个日子多出一份时间的刻度来。同样是一分一秒地经过，没有快也没有慢。它们原本也只是浩渺宇宙里十分微不足道的一小部分，只是被人类创造出来的文明世界划分成了可以计量的单位。一年 365 天，遇到闰年就多一天。一天 24 个小时，一个小时 60 分钟，一分钟 60 秒。如此这般地循环着度过。

可是，这些日子，圣诞、元旦、春节以及每年的生日，因为被赋予了“开端”“伊始”这样的使命而变得特别起来。就拿生日来说，每年的这一天都像个盛大的节日般宣布着自己又报废掉的青春。我们的细胞无时无刻不在分裂、生长继而衰老，而生日只是重复着这些过程的普普通通的 24 小时。无非是定义的年岁积累，和一些强加的却未被深刻察觉的生理变化，以及像为了证明自己真的又老了一岁一样，多出了一些自以为是的自尊。

话虽如此，可是每到这一天，情绪都像是发酵膨胀的毒素，携带着周遭细微的光影变化融进血液里，把心撑得满满的，像是在一片欢愉的气氛中孤单得要死的心情。想要做点儿什么，又不知道该做什么、怎么去做的心情。

或许只是不甘心新的一年又这么平淡朴实地来到吧。

每一年许愿的时候，都会真心地期待着明年将会有不一样的人生，而且也是那么真实地为即将来到的改变而兴奋不已。好像那些叫作“愿望”的咒语，即便多么微弱，也会用我们搞不懂的方式，默默地改变着生命前进的维度。

留在楼道里的同学也陆续朝操场走去，旁边的男生没有起身的意思，夏文希也不便动作，抱着膝盖一口一口喝着冷掉的奶茶。

“这个位置能看到全貌噢。”

“？”

“我说舞台。”叶佑宁微笑着解释。

男生点点头，视线朝舞台方向飞快地睃一眼：“听说今年天府广场有激光表演。”

“什么？”

“新闻里说的。”

“就是那种可以照很远的激光吗？”

“好像可以投出奇幻的图案。”叶佑宁喝完的铁罐被放到右边的台阶上，空洞的声响，有别于饱满的重量。

“真好。”夏文希捧着奶茶的手势像是在取暖一样。

坐在旁边的男生转过来的脸，光线只能在一边洒落，另一边隐在轮廓里，中间是鼻梁模糊的界限。光亮的一边是还在筹备着的舞台，芭乐歌曲突然响起来，飘逸的歌词才唱到一半又被突兀地压下去，音箱传来刺耳的噪声，引来台下一阵唏嘘。连接在阴暗部分的是一级一级向上的楼梯，在最上方平缓下来，换个方向朝更高的地方蔓延。

顶在中间的，是让心跳拔节的平凡语句，穿破空气，落进耳朵里，仿佛还带着温润的湿气。

“要不要一起去？”

门口的保安执意不肯放行，被铁门挡住的家长们对一男一女的尴尬组合投过来审视的目光，毕竟不是自己的小孩，也并不真的放在心上。夏文希跟在叶佑宁的后面朝体育馆的方向走去，中途遇上几个靠在楼道里抽烟的学生，朝两人吹着口哨。夏文希的脸从眉眼一直红到耳根，在阴暗的光线里并不容易辨认，带着赤诚的灼热，像是有人在耳边擦亮了烛火。某级台阶踩空了，猛地一个趔趄，幸好一只手抓牢了扶手，才不至于撞到前面的男生。叶佑宁回过头来像是在问“没事吧”，又朝前走了两步才回过头来补充道：“体育馆那边的门可以通到车棚。”

体育馆的门是用包着塑料皮套的锁链锁住的，其实很容易就能从中间稀疏的缝隙钻过去。叶佑宁把两扇门推开，用肩膀顶住，让头先通过，驾轻就熟地进到另一边。然后转过来用手把门掰开，以便夏文希能够通过。夜里的体育馆似乎在无声的黑暗里扩张了疆界，最后一长条光带也随着两扇门的合上而逐渐消失，一时间让人失去了方向。

“你站在这儿等我。”侧前方响起的声音，距离近得足以感受到声波带动空气产生的微弱流动。脚步在空旷的四壁内碰撞，每一步都像是踩着另一步，让人产生两个人的错觉，其实快速挪动脚步的只有他一个人而已。声音的定位系统还真是不可靠，明明是直直前行的路径，被回音干扰，伪装了行迹，像是朝四面八方扩散的人群，忙乱而不自知。夏文希站在黑暗里，眼睛只能分辨近处大致的轮廓，仔细分辨着距离让声音产生的微小变化，莫名地恐惧起来。

“好了吗？”像是问在心里的句子，却被静默彰显了诡异的力量。

“再等一下。”脚步继续向前移动了几寸，接着一阵停顿，在未知里显得冗长。随着门被顶开的“嘎吱”声响，从另一头席卷而来的光线笔直地铺到自己脚下，又仿佛是在夜晚被月光照亮的砾石小路，泛着柔和的白光。从出口挤进来的街光携带着人群的熙攘，而站在路的尽头，变成逆光的剪影，连身形都辨识不清的人，倚在门边的右手在深色的边界描着毛茸茸的亮边，像是比画出来一个邀请的手势，带着点儿隆重的美好。

或许是都赶着去看那一场跨年的激光表演，人群自发地形成统一的洪流，向着目的地进发，12 月刺骨的风灌进一些来，像是要把人顶得膨胀起来，夏文希把拉链一路拉到头，校服领子立起来遮住了一部分下颌。转眼看身边的男生，大敞开的衣领，看得出浅色 T 恤的单薄质地，拉链头固定在胸腔的位置，随着走动的频率左右晃动。夏文希不由得打了一个寒战，被男生看在眼里。“很冷吧？”

想起了什么，夏文希头摇得太猛，过后才意识到举止的夸张可笑：“不冷不冷，我是看你比较冷。”

“啊。”从喉结挤出来代表惊叹的细小声响。意料之外的停顿，让夏文希转而站到了前面，从这个角度可以看清楚隐没在外套下面的耐克标志。顺着男生的视线看过去，广场上方的夜幕下，已经可以看见清晰的光线，一柱一柱舞动着的赤橙色光线，相互更迭着，把天空切割成一块一块不成形的地带，像是一只只晃动着的触手，昭告着科学的神秘和神奇。

“快看快看，变成红色啦。”邻近的路人也注意到前方不太寻常的天光。

位于城市正中心的广场，一改往日的冷清形象，让人怀疑是照搬某个知名名牌的街头广告，攒动的人群拥抱着变成一片海洋，一直覆盖到人行道的边界上。有人爬到了附近的雕塑上，攀着塑像的脖子穷极目力地眺望，像是恨不得把这表演的每个细节都尽收眼底。环顾四周，几乎每个稍微凸起的部分都被好奇的观众占领，成为胜利的高地。类似的事情自己也不是没有做过，曾经为了挤进一场露天的见面会，连别人停在路边的电动车都用上了，努力拔高的高度，只为了能看到某人多一点点的角度。最后忍不住爬上了路边的颇具现代感的雕塑，用一只前脚掌支撑住的奇怪姿态，一站就是半个钟头。

叶佑宁扯了扯夏文希的衣袖，示意她站上一块红白相间的隔离桩，夏文希一脚踏上去，没站稳，摇摇晃晃地快要掉下来，被一把抓住了手臂才稳住了重心。明明只是隔着布料的粗糙触感，带着钝重的力度，甚至感觉不到皮肤清晰的温度，却仿佛从那一小片被握住的部分开始，蹿升的电流依次经过了每一寸因为紧张而发麻的肌肤、每一根复杂运行着的神经、每一个照常消亡和诞生着的细胞，心脏猛然收缩成一个内核，被血液拥堵住的大脑突然忘记了该有的举动。

“我扶着你。”听起来好像只是特别平常的句意，却被绮丽变化着的光影，染上了异常的温度。投进眼睛里的表情，是笑了，还是没有？

广场中央的音乐喷泉突然迸发的水柱引来一阵惊呼，分散在各处的灯光在瞬时统一了方向，在白色水柱上涂鸦形状，从远处看，好像是被彩线托起来的花朵。只是几秒钟的时间，花心就以优美的弧度喷洒出水来，被水花溅到的前排观众尖叫着后退，引起一阵人浪。夏文希被前边慌忙退让的人撞下来，顺势收回了那只被扶住的手臂。

那个握笔的人是怎样让剧情演变成了现在的模样，上一刻还是在望远镜前挑选着字眼客套的人，这一秒却和自己一起站在跨年狂欢的人群中，一只手有力地托住自己失衡的身体，以便让自己能看见更辽阔的夜景。不知道是不是因为这些特别的光线把情绪泡得软软的，站在身边的人——恋人、同学、家人、朋友，都成了此刻生命中最重要的人。而他只是几种关联当中最平凡的一个，姓名、兴趣和爱好，他又知道哪一个，就连班级都是自己二选一地附赠了答案。星座更是无意经过的风，也不见得能被他听走更多。

而此刻站在身边的人，他空垂的左手只和自己藏在袖子里的右手保持着微小的距离，被周围的人群推搡着，偶尔会有触碰的交流。因为时间的错误交叠，让他褪去陌生的身份，从此在自己的眼里不可抗拒地特别起来。是隔着两年时光和自己约好了“一起去看看”的人，像是那些无法解释却被深信不疑的“缘分”投在懵懂未知的心里。

音乐换了另一段，广场中央的喷泉也随着变化了形态。旁边骑在父亲肩上的小孩兴奋地叫着“爸爸，你看你看”，猝不及防地点中了要害。

“我的家只有一个，我和妈妈的那一个。”

夏文希偷偷望向身边的男生，流光是他脸上虚浮的幻象，落在眼睛里，闪闪发亮。还是那张毫无表情的脸，像是要锁住内里所有突变的异样，写着“谢绝观赏”的牌子，礼貌而又生硬地把关心留在了远方。

那些酸胀苦涩的感伤是在自己心里虚构的立场，自作主张地把他摆进来，这么看过去，那在光影中明暗的表情也是种让人心疼的倔强。

跨年的钟声从音箱里传来，带着幽远古老的回音，其实只是电子技术的现代产物。

人群和着钟声倒数。

10

9

8

喷薄而起的水柱抵达最高点，在夜幕里划出一道纯白的痕迹。

7

6

5

4

四散的光线转成了暖黄。

3

2

1

“新年快乐！”夏文希侧过头微笑着向身边的男生祝福。

{ 10 / 12 }

“新年快乐！”叶佑宁在心里默念着祝福。一朵橘色烟花腾空而起，照亮了整个广场的上空，像一朵蒲公英，被风吹散；像雨，落进瞳孔里。他整了整黑色呢子大衣的立领。2008 年的冬天真冷。确切地说，应该是 2009 年了。

{ 11 / 12 }

隔天第一节下课的间隙，女班长在门口腔调古怪地喊着“夏文希有人找”。看过去，林嘉祁倚靠在门边，深蓝色套头衫在一群校服里非常扎眼，一捕捉到夏文希的视线就大大咧咧地笑着说：“我找你。”

“干吗？”夏文希站到过道里，躲闪着教室里探头探脑的视线。

“喏。”林嘉祁扔过来一袋东西，用来包装的红色纸袋衬着古铜金色的繁复花纹，非常好看。“什么啊？”夏文希接过来，用手捏了捏，软软的东西。

“说了要给你的嘛。奖品啊。”林嘉祁露出一副“说到做到”的得意神情。

夏文希拆开来是一双深绿色拼花的棉质手套。正如他所言是下了血本的奖品。“这个啊，”夏文希违心地露出“不过如此”的表情，“谢了啊。”

“昨天后来你去哪儿了？”

“看你在忙就到处转转。”

“是说后来没见你。”

“嗯。人太多。”

“晚会看了？”

“啊，看了。”

“怎么样？那首歌？”

“不怎么样啊。”

“不怎么样啊！”林嘉祁学着夏文希说话的方式，神情诡异地重复着。

“是不怎么样嘛，烂大街的芭乐歌，那女生你们班的噢，那么紧张！”说完转身要走。

“我是说我唱的那一首！”林嘉祁在身后喊。

夏文希顿了一下，进到教室里的身体侧着探出来：“你比她唱得好。”

{ 12 / 12 }

新年里最尴尬的事，莫过于延续着旧年的惯性，在需要填写日期的部分，总会忘了已经是来年。夏文希在那个 6 上反复描摹，努力让它看起来像个 7 的样子。

从什么时候开始的惯例，总要在新年第一天写下来希望能够实现的愿望，或者说是能够努力的方向。

期末能进前 10 名。

过年的压岁钱不要再被母亲瓜分。

千万不要像女班长满脸青春的痕迹。

喜欢的歌手快点儿发片，演唱会的门票能够再体贴一些。

至于那些让人怦然心动的字句，在脑海里盘旋一圈，心脏就重重地跳动一下，不是能够正正式式记录下来的希望，带着一些娇羞的成分，迅速地掩饰过去。而无论哪一次的许愿都是以“祝爸爸妈妈身体健康”来作为结尾的，好像已经成了程式化的东西，长在神经的末端，是连带着“许愿”这个指令一并出现的类似条件反射一般的东西。有时甚至分不清楚这究竟是源于对父母的爱，还是在潜意识里用于彰显的孝心，或者只是出于对不幸本能的反叛？

总之，希望每年这个时候，在计算着去年有幸实现的愿望里，总有“祝爸爸妈妈身体健康”这一个。

跟你爸爸和好了吗？

发信人发送于：23:38:12 2007-1-5

Time

Machine

6

Chapter 6

叶佑宁

那是台风带来的涨潮，淹没了山坡上繁盛的荒草，那里曾经盛产叫作“父爱”的植株，繁花似锦，那是一张编织起来的温床，包覆着柔软的生命，一季又一季。

父亲打来电话约儿子见面，
是不该出现在亲人间的正式和生分。

父亲要对儿子提起的是要重建家庭的话，而这个家没有他。——

{ 1 / 2 }

说起来，父亲的模样已经记不真切了。仅有的几张小时候和父亲的合照，也在早些年被母亲负气烧掉了，可以用来凭吊的东西一样都没有，既讽刺又悲哀。如果早知道那是最后一面，就不会任性地说着“我的家只有一个，我和妈妈的那一个”这种言不由衷的话。至少能更慎重地对待和爸爸短暂而宝贵的相处时光，仔细比对着他和童年记忆里无法重合的细节变化，能够看过来的角度，也已经随着时间一寸一寸拔高，就只是站在他身旁，感受着父亲特有的气味，像学语儿童一样能清晰喊出来的音节是“爸爸”。这些都变成了某个夜里突然醒来的温柔幻象，带着温软的湿度在黑暗里点出光亮。

到家里做客的亲戚带来了爸爸再婚的消息。“拖了那么久，说是要给那边一个交代。”在门廊换鞋时听进来的半截句子，很容易就明白过来的完整含义，在妈妈突然截断的举动里显得有些欲盖弥彰。

交代？他给过我们哪一个？

妈妈早已经不再歇斯底里，一年四个季节渐次循环，严寒的冬，和缓的春，明朗的夏，诗意的秋，从不曾因为寡欢而漏掉了哪一个，就这么走过了十几年。身边可以用来回忆、想起和破坏的痕迹早已消失干净。伤口是堵在枕头里的闷声闷气，顺着门缝爬出来，在夜里显得淅沥。

当时，自己端着水杯站在客厅里，寒夜的凉意一路从心底蔓延到手心。

后来爸爸电话里说想见面，约在学校附近的火锅店，位于每天回家必经的道路上，骑车经过用不了 5 分钟的时间，换作步行也不过 20 分钟的光景。街边的每一家商铺都像是彰显着难以抗拒的蛊惑力，牵出无形的触角，攀爬着身体，阻碍着前行。每一个都像是渴望逗留的家，忍不住地想要多待一会儿。

该用“恭喜”来应对爸爸再婚的消息吗？还是说着“又不关我的事”？

“会要小孩吗？”

“男孩还是女孩？”

“你的爱要平均地分配下去还是注定偏袒另一个？”

这些被极度渴望的答案，顶着沉重的压力，即使在最亲密的人面前，也绝对没有破土的机会。

就像自己从来不曾正视的，对父爱的渴求。

叶佑宁站在被支开的书架遮挡着的书报亭旁边，正好可以看到坐在窗边的爸爸。他穿着灰色条纹的衬衫，是从没有见过的那一件。面前的锅翻飞着热气，在玻璃窗上糊上一层细密的白雾，服务员拿来菜单，爸爸挥着手推过去，像是说着“再等一下”。

再等一下。

父亲抬眼向窗外张望，叶佑宁赶紧往铁丝网支起来的简易书架后隐进半格，把脸挡在一本《婴儿与母亲》的背后。其实这是个多余的动作，从父亲坐的位置并不能看见这里，就像在自己长达 10 余年的人生中大多数不被看见的成长。

尴尬？可笑？悲哀？愤怒？哪一个可以用来单纯涵盖此刻在心里沸腾的情绪。和父亲围坐在餐桌对面，火锅里浮沉的是食物诱人的身姿，或许还有一瓶啤酒，先给父亲斟满，再倒进自己这一边，聊着学校里变成笑话的新闻旧事。父亲最关心的还是成绩吧，或者他会说出“享受青春比埋头苦读更有情调”这种跨越代沟的对话。

但都不是。

父亲打来电话约儿子见面，是不该出现在亲人间的正式和生分。

父亲要对儿子提起的是要重建家庭的话，而这个家没有他。

是半夜传来的消息吧，母亲握电话的手长久保持着哑然的姿态，沉默被无限地拉长，像是一帧在镜头前静止的画面，变成雕像，好像屈指叩上去还能听到清脆的声响。事故发生在 8 点左右，不过是自己站在门口决然离开后一个钟头的事。火锅店里私拉的电线发生短路，引爆了储备在窗前的一排瓦斯炉，突然迸发的巨大能量凿开了半壁墙。隔天骑车经过的时候还可以目睹从门口凹进去的一片，残留着燃烧后的焦糊气味，黝黑慌乱，像是张开的嘴巴，吐露着事故骇人的一面。7 死 32 伤，当时被报道尚未脱离危险的 8 人，在随后的时光里逐渐痊愈，即使会在身体某处留下永久难看的疤，至少他们还可以开开心心地和家人享受在一起的时光。而那个坐在窗前，反复斟酌着适当的用词来向儿子交代一件尴尬事实的爸爸，不在那个双数的阵营里，不再是那个担心会割舍一部分父爱的人。他新近组建的家庭里还没来得及诞生一个和自己争宠的小孩，命运就急不可耐地仓促收笔，让他又将缺席自己随后的人生，十年，二十年，直到自己有一天也抵达这个年纪，成熟到足够理解此刻理解不了的成年人的对错时，他却只能是永远 45 岁的爸爸。

即使明白这不是任何人的错，连责罚的力气都没有，那是台风带来的涨潮，淹没了山坡上繁盛的荒草，那里曾经盛产叫作“父爱”的植株，繁花似锦，那是一张编织起来的温床，包覆着柔软的生命，一季又一季。连谴责和内疚的力气都没有。断在“如果当时……”里的句意缺乏足够的勇气。

如果当时，没有说出“我的家只有一个”这样的话。

如果当时，没有在纠缠的情绪里选择退缩。如果当时，坐在父亲对面，仔细看一眼被向上逃窜的气流扭曲了的父亲的脸。

如果当时，能早些明白，那些源自母亲对于父亲的恨。

其实满满的，都是爱。

说起来，被你看见的那一次，是见父亲的最后一面。

发信人发送于：23:45:16 2009-1-5

7

Chapter 7

夏文希

如果可以选择，她宁愿还是那个普通平凡的夏文希，40 分钟 40 分钟地上课，熟悉的永远都是学校到家两点一线的单调，伤感是从书里学来的，悲伤近不了身，只当是晒在别人家窗外的衣裳，看看就好。

人生百态什么的，她尝也不想尝，她只想永远做爸爸妈妈天底下的绿地，一年四季只开一种叫作青涩的花。

电视里播放的洗衣粉广告是往常那一个，头顶上倒挂的灯照亮的也还是往常的那一家人，连漆木方桌上烫坏的印子都还在往常那个地方。表面看起来，这一天不过是惯常的每一天，只有夏文希看得见那无形中更改的朝向，让那班叫作命运的列车，一路南辕北辙地开下去。

{ 1 / 6 }

又是一个周六，逸夫楼安静的自习室。夏文希趴在桌上，双手直直地横在圆桌上，攀住弧形的边缘。今天是阴天。

你一定也会有这样的时候吧。被酸胀的情绪顶得满满的，像是一朵要在心壁膨胀的花，漫山遍野的，碰也不能碰，提也不能提，任由力气一点一滴地流走，手指徒劳无功地微微回缩着，类似一个挽留的姿态。也像是听歌卡住了，猝不及防响起来的高潮，想哭。旁边的男生在对比着生物月考的试卷，念念有词地撩拨着耳根后的神经。连喊停的力气都没有。

“今天那么沉默，不正常噢。”林嘉祁用笔在夏文希的胳膊上点了点。夏文希不想理他。

“生病了吗？”说着，林嘉祁伸手在夏文希的额头上试探了下，被夏文希一巴掌拍了下来。

“干吗啦！好心耶。”林嘉祁露出不爽的表情来。

夏文希语气缓和下来：“今天心情不好。”

林嘉祁随即表露试探的心机：“失恋了吗？”

夏文希把头别到另一边，心不在焉地说着：“对啊，失恋。”

“常有的事，别太在意啊。”林嘉祁拍拍夏文希的肩膀，然后回头钻研那些用红笔圈阅的部分。

要怎么去归纳那些在心里滋长的忧伤?

曾经因为看了一部伤感的电影，在某一天的公交车上，看着窗外徐徐而过的街景，路灯送来灯柱狭长的影子，一条一条有节奏地打在脸上，变成眼睛里更迭着出现的光和影，突然牵动了某处的神经，想起来的一句对白“我就在这里哟”，敲开包覆着的情绪，眼睛就流出水来。或者是一本感人的书，随后几天里心情像是被梅雨浸泡过，满坑满谷都是水，石块投进去也不会听到响声。

那么现在自己的心情是不是因为阅读了别人生命里铺陈出来的悲伤剧情，就像是看了一部伤感的电影或一本感人的书那样，郁郁寡欢，难过得无凭无据。

想起在流光里抿紧的唇，硬邦邦的外表下一定是一颗柔软的心吧?

还是为了保护柔软内里才长出来的坚硬外壳?

忍不住心疼起来。

“啊，原来是这个，早知道我就选 B 了啊。”林嘉祁的粗大神经在哪里都不会消停。

早知道。

夏文希把头转过来："如果时间可以倒流，你最想改变的是什么？"

林嘉祁把头从试卷里抬起来，花了一些时间才明白过来，用笔敲打着下巴，好像很难回答。

"算了。"夏文希赌气似的又把头侧过去。

"如果可以回去的话，当然是让这张差一分及格的试卷变成100分嘛。"

{ 2 / 6 }

一直待到楼下的保安吆喝着关门了，两个人才收拾书包走出来。在林嘉祁的强烈要求下，在附近的快餐厅一人点了一份干炒牛河。"味道超正的。"林嘉祁这么鼓吹着。夏文希象征性地挑了两筷子，就再也吃不下，干瞪着面前吃得窸窣作响的男生。

"不好吃？"林嘉祁嚼着一口河粉含混地问。

夏文希摇摇头："吃不下。"

林嘉祁用筷子在盘子上点了点，若有所思的样子：“看来你真伤得不轻。”

看着夏文希不置可否的模样，他扯过纸巾擦了一把嘴，站起来说：“带你去个地方。”

林嘉祁所谓的某个地方，不过是学校对面 300 米开外的公交车站。广告牌在夜里亮起来，被灯打亮的旗帜上写着“不准不开心”。302 路是以前的沿河观光车，被木质材料包装起来的外壳，窗子开得特别大，现在改走环线，围着城市转一圈。

“我每次不开心的时候就坐它，不知道为什么，就单单看着窗外匀速后退的风景，心情就会慢慢平和下来。”

眼前的男生，手插在口袋里，书包的肩带在胸前拉出一条线，整个人像是被拽着向后弓成一道弧，平日里总是一副没心没肺的模样，在某些特别的地方倒是显露出女生一样细小的想法。林嘉祁发现夏文希在看他，转过头笑了笑。

挑了最后一排的座位。林嘉祁刚要在旁边落座，突然想起了什么，一个急转，坐在了夏文希的前面：“想哭就尽情哭吧，反正我看不见。”

因为是环线，少了七拐八转的岔路，好像一条运行在圆规上的点，最后还是会回到出发的起点，不必担心在哪里下错车，抵达一个不想抵达的地方。每一站都比平常路线长出一些来，乘客稀落，每个人都能找到座位，缺少了打发无聊的谈话，整个车厢都静静的。车窗外的风景像是一张张流动的照片，带着熟悉又陌生的质感，想起来，自己已经很久没有经过除了学校到家以外的路程了。这个城市的某些地方只在夜晚才熠熠发光，呈现出和白天完全不同的状态。夏文希不禁感叹，在这座自己生长了十七年的城市，竟然还有那么多不曾涉足的部分。而自己到达过的地方，也不能凭记忆列举，是要经过时才能恍然察觉“啊，我到过这里啊”的迟钝。

就像是再熟悉不过的人，也会有不曾了解的部分，常常毫无防备地给予惊喜、惊讶，或者一如戳进心脏的利骨，刺痛我们最脆弱的地方。对于爸爸妈妈的了解又能有多少呢？从我们一出生，他们就带着父母的威严存在于我们的认知里，撑开我们头顶的一片天，我们能看见的只是他们希望我们看见的景色。多年前妈妈的一句话一直被自己视为神谕，可是在多年后的某天突然从书本里察觉了它错误的本质，便在一次次类似的恍然大悟中，明白了父母也不过是和我们一样的人，从青涩到成熟，从懵懂到睿智，也会有搭错的车和下错的站。即便如此也不会改变我们对他们的爱，或者渴望被爱的真实。

夏文希吸了吸鼻子，并没有要哭出来的意思。前面靠着窗子的男生，因为个子高，即使坐着，也还是在视觉里投进了更多的成分，对于进入眼睛的一切，他也只是安静地看着而已。夏文希突然对他看见的风景好奇起来，想知道，同样闪闪发亮的霓虹，同样迅速倒退着的树和花，以及同样在迎面经过的车窗上映出来的自己的影像，是不是真的都一样？还是会在哪里少了一笔，又在哪里多出一画，左右了判断。

像是罗盘里一个微小的偏差都能在随后的航行中改变最终停靠的地方。

以前上小学热播《灌篮高手》的时候，在作业本的背面或者是课本的侧边就会有里面人物的画像。大概是不太会画男生的缘故，能刻画的对象也只能限定在“晴子”和“彩子”的范围里。那个时候大凡每个班里的一小部分人都会被设定成剧情里的人物，记不太清楚，谁被喊作流川枫，谁又成了呆瓜樱木花道，总之能被冠以此类称谓的，应该是班里个子高又受欢迎的男生。“晴子”和“彩子”也因这般规律是两个最受欢迎的女生。好像晴子比彩子更受青睐，像是用来区分主次关系的“第一”“第二”女主角般，反正，恰好，自己和这些都扯不上关系。

哦，不对。“你是流川枫亲卫队里的一个”，是那三个眼睛永远用横线表示，对白永远只有一句“流川枫我爱你”里的一个。某个人这么对自己说。

虽然心有不甘，却还是会用“至少我也还算是能排上名字的一个嘛”来做安慰。

前面的女生喜欢画晴子，而且比自己画得好，和片尾曲里那个叠化在另一张画面上的晴子一模一样。所以，自己就只能另辟蹊径描摹彩子了。作业本的背面、课桌，还有课本的边注都是彩子，生气的表情、欢呼的表情、不屑的表情，更多的还是标准的厚厚的嘴唇、戴帽子露出两条卷曲头发的彩子。以至于很多年后，帮忙收拾旧物的朋友也会问：“咦，你喜欢彩子啊？”

“嗯，是吧。”

类似一些习以为常的喜好、理想和想要努力的方向，或许都违背了最初形成的原因，并不是真的想这样，而是没有办法像那样，经年累月地被吸收、被消化，最后就变成了可以用来被谈论的对象。

像是“我要做个内在美的人”，其实是因为没办法成为外在美的人吧。

诸如“小个子可以从不同的视角去欣赏这个世界嘛”，除此之外也没办法从更高的角度来观望这个世界吧。

类似“平庸也是种个性啊”，其实是找不到更能彰显的特质了吧。

如果说，我们之所以成为现在的样子，是一系列被动筛选的过程，那么最初想要成为的本意是什么？是在寒风中神情凛冽，背弓起来的防备的姿势？还是，总是笑呵呵，同样微弯的脊梁却只透露出懒散的模样？大多数时间没心没肺的开朗，偶尔也会有安静的时候，失落的理由只因为喜欢的球队输了比赛，某次生物月考差一点儿就能及格的分数，好像失恋这样的事和我们都扯不上关系，在被问到假如可以重来一次的问题面前不是故意装聋作哑，而是太过顺遂的成长，缺少了真的想要重新来过的硬伤，才会回答“想要把差一分及格的试卷变成 100 分”。

你想要变成哪一个？

{ 3 / 6 }

“你的选择是？”

“夏文希！”听到自己的名字，夏文希猛地站起来，发现化学老师盯着自己的脸色不大好看，用粉笔在黑板上敲了敲，“告诉我你的答案。”四个选项答案是哪一个？陈婷把三根手指抵在嘴唇上。

“我选 C。”

下课后，陈婷跑过来坐到前排的位置上：“发什么愣呢，最近不大对劲哦？”

夏文希苦笑着：“最近睡不好。”

“也是，快期末了，大家压力都挺大的。我妈说要是今年我进不了前十，压岁钱就别想拿了。”陈婷用手去抠书页卷起来的边角。

夏文希本来想说“你妈要求还挺高”，话到嘴边又咽回去，换成“那你要加油咯”。

陈婷用手抵住下巴：“有时我想，要是能用今天的自己去过明天的生活就好了。把考试什么的全部跳过。”

“那如果让今天的你去过昨天的生活，你最想改变的是什么？”夏文希也把手支在下巴上，重心放在和陈婷相对的那一边。

“我时常在想，要是我没进这里，是不是会更快乐一些。”如同大多数人一样，陈婷是凭借着傲人的分数考进这所学校的，是在以前班级里不用太认真也能取得优异成绩的优等生、老师面前的红人，上课睡觉也没关系，享受请假不用写假条等诸如此类的特别待遇，并为自己那一点点小聪明而沾沾自喜。可是到了这里才知道，比起那些天才般的智商，自己那一点儿真是太不起眼的小聪明。自己要花两天才能消化的课题，别人只需要两个小时，依然可以把大部分课余时间贡献给游戏和漫画。物理老师永远叫不出自己的名字，虚拟语态总是选不对动词，连带着每次来开家长会的妈妈都是一副气急败坏的样子。曾经骄傲的地方逐渐萎缩成提不起的勇气，一天比一天地衰败下去。

忍不住地想，要是当初没进这里就好了。

“这是个‘祖母悖论’，如果时间机器真的存在，你回到过去不幸害死你年轻的祖母，那么你自然就不会存在，那么你不存在又怎么去害死你的祖母呢？同理可证，你试图回去修正某个遗憾，基于时间的蝴蝶效应，你就不会是现在的你，那么对于现在的你所谓的遗憾就不再存在，那么也不会产生现在的你试图穿越时空去修改过去的动机。”同桌总是见缝插针地炫耀着他渊博的科学知识，把浪漫伤感的情绪搞得很乱。陈婷抛给他一个白眼却并没有被他看到。

正是这个无心的举动让夏文希意识到，她通过一部失修的手机和两年后的叶佑宁对接起来的时空是并行的，但是对于其他人而言依然保有继发性，2008 年的他之所以能在图书馆里找到夹在书页里的试卷，因为那是 2006 年的自己放进去的，也就是说，在自己的空间里存在的微小举动，都足以完全撼动他随后的人生。像一连串多米诺骨牌效应，在时间的长河里划出痕迹，一直推到那里去。

突然产生的想法让她的意识整个沸腾起来，在血管里发烫的液体把这种灼热的触感传遍了全身，冲击着耳膜的剧烈心跳一下一下，带着强劲的节奏，让整个躯体开始颤抖。

也许。

或许。

说不定。

自己能帮他改写人生里的悲剧也不一定。

{ 4 / 6 }

2007 年 1 月 16 日，星期二，得到红笔在日历上圈阅的礼遇并不是因为隔天的期末考试，也不是因为它是某人的生日，连值得期待的周末它都不是，但即将在这一天发生的事，从某种角度来说可以是已经发生的事，是在我们单薄的人生里，忧伤难以涵盖的，连悲伤都力不从心，是不得不用悲惨来做比的剧情，是和缓岁月里突然变得湍急的成分，破堤而下，摧毁沿途的村落、山花和掩埋在冰雪下等待来年萌发的种子。

它是写在少年人生里的剧情，被自己无意读走，因为某种难以解释的时空连接，让多年来平平庸庸、普普通通、庸庸碌碌的自己，将以蚍蜉撼树的微小力量试图扭转另一种命运的轨迹。从此替换了沿路针叶禁闭的寒带植株，种上热情洋溢的热带植物，舒展开来紧缩的枝叶，享受阳光普照，贪恋雨露滋养，是在此后漫长的生命里，依然突兀鲜明的点，是要用“从此以后，自此开始”来打头的转折句意。

这一切，是她夏文希送出来的，她就是那支凭空挥舞的笔，重新编排了结局。那些即将在少年的履历里盛放的花朵、挥霍的色彩以及谱写的欢快旋律，全部都是自己赠送的。光是想到这一点，就让自己无法掩饰地骄傲起来。

只是这骄傲又不单单是要让人感恩戴德的骄傲，是淡淡的，有点儿说不出个所以然的骄傲，像是那些被上天赋予的天分和在黑夜里闪闪发亮的部分，让自己在纷繁涌动的人群中，变得特别的象征。这些骄傲来得突然了些，缺少铺垫，不那么脚踏实地，所以又透着点儿力不从心。

除此之外，漂浮在思绪中的，是自己不甘愿打捞、归纳、演绎的，有些说不清道不明的某种暧昧，牵牵绊绊的，欲语还休的，有点儿要放什么到他手中的意思。

{ 5 / 6 }

从前一天晚上就开始的紧张，在时间里逐渐放大，胃都痉挛起来。面前的食物还保持着原始的摆盘，幸好在陈婷的眼睛里还有隔天的大考可以作为理解的支撑。下午 6 点 05 分，最后一道铃拉响，操场上出现了短暂的活跃迹象，两两做伴，三五成群，从一个制高点看出去，像是泼洒的墨迹朝门口涌去。打扫卫生和布置考场用掉 45 分钟的时间，距离叶佑宁表述的事故发生时间还有大于一个钟头的空余。夏文希拍了拍陈婷的肩膀，说着“明天加油”就提着书包往门外走去。下到二楼的半格平台，遇到自下而上的班主任，拉着她又教育了半天，“最近状态不是很好”“现在是打基础的关键时期”，又或者是寓意不明的“不要东想西想”。夏文希频频点头应着，又忍不住抬腕看时间。

“有急事？”

得到肯定回答时班主任才放行。等到夏文希跑出一楼的过道，班主任又在三楼窗台上喊了一句“路上小心点”。

虽然才 7 点过 10 分的光景，1 月的天色已经暗得彻底，白昼像是赶着休假，被黑夜统领了疆域。到火锅店的距离，车程不到 5 分钟，换成步行也至多 20 分钟而已。夏文希急速向前迈着步子，每一步都像是踩在别人的脚印上，并试图还原着他当时的心情。就是从书报亭这扇延伸出来的书架后面窥视到等在店里的父亲吧？夏文希看向窗边穿着灰色条纹棉质衬衣的中年人，和上次见到时没太大的变化。

该怎么向他说明呢？

是之前一直被忽略的盲区。

会因诚实而过分复杂的阐释，绝对不在理解的范畴之内。

或者谎称“叶佑宁在教室等您”就好？

一边小声排演着诚恳的语气，一边撩开挂在门口的塑料门帘走了进去，食物的香气扑鼻而来，立即唤醒她饥肠辘辘的皮囊。跑堂的服务生端着盘子从身边灵巧地穿来穿去，夏文希踩着防滑专用的红色地毯径自走到那人面前。

困惑的神情聚焦在相同款式的校服上，变成揣测的心情：“你是……佑宁的同学？”

“嗯，不过不同班。”

“哦。”

“那个，叶佑宁说他在教室等您。”开头的“那个”是因为紧张而旁生的余枝。

似乎并没有多加考虑就相信了。奇怪的父子，如果是自己的爸爸多半会问一句：“他为什么不自己来呢？”

因为客人什么菜都没点就结账而脸色难看的柜台小姐开出一张名目为锅底费的50元账单，出门时听见她用音量不大却清晰的声音说了句“占着茅坑不拉屎”，夏文希转过头来狠狠地看了她一眼。

去往学校的路程上，大半的交流是围绕叶佑宁展开的。

成绩好不好？

身体呢？

和同学相处得融洽吗？

这些都不该是自己做的，却因为体谅着一份父亲的心意而做着。

“他们班都是尖子生。”

“挺瘦的，不过也没听说有什么不健康。”

以及“人挺好的，就是性格有点儿冷漠”这样的回答。

除此之外，是自己和身边这位父亲都束手无策的部分，是光探不进的区域、眼睛洞悉不了的隐秘。如果要硬掰的话，或许还可以找出来“我们物理老师是他们的班主任。学生会主席是他们班的，但副主席是我们班的”这样相近的关联，却不是在眼下适合与他父亲分享的机缘与巧合。那个在自己眼里特别得丝丝分明的男生，对于他细节的把握却只停留在“知道名字”“成绩很好”“说过几句话”这样粗浅的认识上，喜欢的颜色、支持的球队、可乐认定的是哪一个牌子无法知晓，连生日都不知道是哪一天，星座更是无从追寻。

可也不是“一无所知”能够精确定义的关系。这样一个男生，跳过了交好之初的客套、礼貌以及隔心隔肺的伪装，被自己领走了内里最言不由衷的心事，就这样被舀走了感知的大部分，投进恣意妄为的悲伤，开出来的紫色花朵，把心顶得满满的。虽然未必是他甘心情愿的本意，却和自己有了些知根知底的交情，所以才更在意那未知的大部分，他爱听哪种歌曲、爱看哪种电影，更中意咖啡还是奶茶，是不是和自己一样把多余的时间都奉献给了漫画，又或者只是无端在意着那平添进来的对话?

这些都不是他父亲可以给予的解答。他和自己一样迷惘。

而自己希望的，是为那些不曾涉足的部分争取更多可供吸收的时光。

为了谎言不被当面拆穿，夏文希在门口止步，解释着说自己赶着回家。对方不住地点头道谢，经过还亮着灯的收发室，从侧门进到里面去。

“他说……”夏文希在门的这头喊出来。

闻声转过来的人已经有一半站到了光线照射的边界，另一半落在阴影地带。

“他怕他当面说不出口，”声音空出来的停顿，像是朗诵时刻意而又煽情的断句，抑扬的却还是真心，“其实他一直是爱着爸爸的。”

在你心里，一定是这么想的吧。

那淹没在暗处的人影，像是冲洗出来曝光不足的相片，带着明显的噪点，只留下大致的轮廓以供辨认。至于那些“舒展的眉眼”“释怀的心结”或“泛在眼角的泪光”，都是在自己脑海里虚构的幻象，渗透进写实的细节，带点儿感人的情怀。只此一笔就删掉少年性格里黯然神伤的戏份，有的只是平平常常的感伤、普普通通的失望，潮湿的心壁见着阳光，开出来的花也都是洁白又带芬芳的。

而那撕心裂肺的场面，被风吹散，落在某个不知名的空间，或许也存在着悲伤腐坏的人生，只是这些无论是对自己还是叶佑宁好像都无关痛痒似的。此刻，夏文希的心满满的都是自给自足的感动、欢欣的感动、得意的感动，像是作家被自己创造的故事打动，带点儿自以为是的文艺腔调，只是这戏里戏外用的还是真实的心跟真实的意。

正当夏文希还沉湎在这种自我感动的情绪中时，一个念头响雷般地落在意识里。转身的动作太过迅猛，以至于连骑着车迎面而来的身影都来不及辨识清楚。对面的绿灯跳了几下被红色替代，往来如织的车阵霸占了人行道的斑马线，夏文希不要命似的往前冲，一连在车流当中弹出几次意外的变奏。

“赶着投胎啊！”

“找死！”

她的心分不出一些委屈和愤怒给这尖酸的说辞。不远处的火锅店，是盛产欢愉的地方，有的是诉尽衷肠的气氛，好像隐秘的心事在这锅里煮一煮，就热血偾张藏不住似的。在热气里翻飞的是恋人的情话、家人的真心话、朋友同事的私心话，说的其实都是一样的事，只是在这种热腾腾的状态下，彼此都多了份肝胆相照的义气，虚情假意都溶在了锅里。然而，这欢乐毕竟是短暂的欢乐，背后蕴藏的骇人情节并不会因为一位父亲的缺席就偃了旗息了鼓。明天将在电视新闻里被追根溯源的肇事电线，并不会意识到自己干的是害人的勾当，还在铆足了劲儿似的为这欢愉的气氛提供能量。夏文希被一颗善感的心蒙蔽了综观全局的眼，她以为自己是拯救了一位父亲的生命和一个少年漫长的人生，可是她万万没想到，自己放弃的是更多位父亲的生命和更多个小孩长大成人的机会，在那么多可取的方案里，她选的却是最一叶障目的那一种。她用尽全力地奔跑，像是要把这一生的力气都用上似的，拼了命地跑，那路却好像是受了触动跟着迈步似的，怎么都跑不到头。

被来往的行人看在眼里的，是一位少女急切追赶的身影，在路灯软弱无力的光线里，忽暗忽明，有些不明就里，或许做了“钱包被偷”这样缺乏想象的推理。好奇心是有的，有的也只是频频回首的好奇，并不真的在人生里留下多少深刻印记，随随便便地就翻过去，也不见得会和那惊天动地的爆炸产生联系。

要怎么去形容那突然迸发的爆炸？贫瘠的阅历里积淀的词语只够在“火光冲天”“震耳欲聋”“惊世骇俗”或“惊天动地”中周旋。而那巨响和火光带着让人永生难忘的力量，像是要在这平常夜色里拼出一条血路来，幻化成风的巨大能量，带着灼人的温度，波纹一般扩散开来，撞击着所能及的一切事物，门前的树、停靠的车辆、路过的行人，还有那无知无畏的道路指示牌、广告牌。再远一些的地方，显得有些力不从心，却依然让人体味了那破釜沉舟的决心。

夏文希疲软的四肢被这股余波侵袭，竟也无力招架似的，跪倒在地上。经过的车辆、路过的行人，都被这场意外吸引，驻足观望，很快后面就聚集起更多的车辆和行人，车辆与车辆之间用喇叭来互通共鸣，行人与行人却选择用语言来交换关于这场事故的意见。

此时此刻，此情此景，夏文希的心却是异样的一平如镜，是无可奈何的平静、无力抗拒的平静，带点儿落地成灰的意思。明天将会出现在头版头条的新闻里，7 死 32 伤，还有 8 个仍徘徊在生与死边缘的那些名字，让多少孩子失去幸福长大的权利，让多少老人失去赡养终老的依靠，多少恋人失去携手共度的一半，还有多少残存的性命失去了健全的资格，在此后的余生留下空荡荡的疤痕。

而这一切都是自己造成的，是自己的盲目无知造成的，是自己的以偏概全造成的，是自己该尽未尽的职责造成的。她那点儿自以为是的经验完全不足以应对这么盛大的场面，惊慌失措又孤立无援，变成了无依无靠的惊慌，找不到人商量的。她竟是连哭的力气都没有，有点儿昏昏欲睡的想法，好像那远处舞动着的火光、近处流连着的人影，还有那丝丝入肺的焦灼以及被截堵在另一头的警报声、人声、喇叭声，都带着似真似幻的质感，一下是真实的人生，一下又是幕布上光学仪器投射的假象，沉沉坠着一颗心就要睡进去，然后醒来发现全是一场梦，悲是梦里的悲，痛也是梦里的痛，连死亡都只是梦里的死亡，梦过就算一样。

她自己也记不清就这么在地上坐了多久，直到那双手带着温柔的力度，把自己从漂浮的状态又拉回这颗照常运行的星球上。

林嘉祁看着面前哭软了的女生，有些不明所以地揣度着，思维迟钝地不知道该往哪里摆，更多的还是被那悲恸的神情狠狠掐下来一块。

{ 6 / 6 }

他们说，人死了以后会变成天上的星辰，一闪一闪地守护着留在世上的人。那么衰亡的星球又要落去哪里？是去向更远的宇宙，变成那里看护着星星的星星，还是变成流星落到地球上孕育成一个崭新的生命？夏文希更偏向后一种说法，它是循环制衡的定律，让人有个盼头，而不像银河之外的银河、宇宙之上的宇宙，是无边无际的。没有界限的东西总是让人有点儿绝望，在夏文希的认知里什么都该是有边界的，好事坏事都该有个头，才不至于让人漫无目的地等下去。

永恒燃烧的恒星也好，转瞬即逝的流星也罢，都不过是对死亡的美丽修饰，像是硬要从悲惨里扯出一些安慰一样，含有一种自欺欺人的性质。只是这种愚人自愚的心意总是可怜可见的，因为这悲伤也是平常人的悲伤，不那么曲高和寡。

这个城市每天都有那么多死亡发生，光看看电视里的晚间新闻就可以知道。天灾人祸，为情的，为财的，都是这个世界运作的一部分，从不曾间断过。只是这些死亡和自己隔着亲疏远近的关系，也在无形之中划分出一些等级来，新闻里的死亡是真实的，却带着陌生的气息，很难真的进到心里去，反而是电影、小说里的死亡，明知道是刻意煽情的，却每每忍不住掉下眼泪来。小学六年级唯一目睹过的火灾，也只是烧掉了一家陈旧的印刷厂，没有人员伤亡，真实而又贴切的死亡还没在自己贫乏的阅历里出现过，是想也不能想、想也不敢想的部分，总是在预设的场景里绕道而行。

可是这场事故并不去体恤她常年来的用心，生吞活剥地翻出骇人的本质展现给她看，讲给她听，用的都是尖酸刻薄的词。妈妈敲着盘子问怎么不吃了，把盛虾的盘子往自己面前推近一些："吃虾补脑，明天考试才发挥得好。"

"吃饭就吃饭，别搞得孩子紧张兮兮的。"爸爸从盘子里夹出一只虾，剥好了放进夏文希的碗里。夏文希不觉间眼眶就红了一圈，是委屈也是埋怨，如果可以选择，她宁愿还是那个普通平凡的夏文希，40分钟40分钟地上课，熟悉的永远都是学校到家两点一线的单调，伤感是从书里学来的，悲伤近不了身，只当是晒在别人家窗外的衣裳，看看就好。人生百态什么的，她尝也不想尝，她只想永远做爸爸妈妈天底下的绿地，一年四季只开一种叫作青涩的花。电视里播放的洗衣粉广告是往常那一个，头顶上倒挂的灯照亮的也还是往常的那一家人，连漆木方桌上烫坏的印子都还在往常那个地方。表面看起来，这一天不过是惯常的每一天，只有夏文希看得见那无形中更改的朝向，让那班叫作命运的列车，一路南辕北辙地开下去。

叶佑宁

Chapter 8

8

就类似，我们总是抱着重来一次的幻想，用今天的沉淀去看昨天的轻浮，带着一点儿曾经沧海的自以为是，说着“要是当初走的是另一条路就好了”这种意气用事的话。

选择另一条路的我们就真的比现在的我们好吗？

是因为看过了这条路上风景的全貌，走过了所有的泥泞和低洼，才对另一种未知有所期待吧？

然而趋利避害毕竟是人类的天性，就算明知道他乡是未卜的前路，也还是要义无反顾地奔去吧？

{ 1 / 5 }

听见关门声，妈妈从油烟弥漫的厨房探出头来说：“回来了。”叶佑宁换了鞋子，走过去，靠在厨房门上用鼻子辨识着食物的香味，一边赞着“好香啊”，一边伸手要去偷吃，被妈妈一掌拍了下来：“先去洗手。”

客厅的桌上，空盘子被当成了烟灰缸，里面盛放着两三个烟头，都是熄灭了的。妈妈端着盘子进来拧开客厅里的灯：“准备吃饭了。”

“今天来客人了？”叶佑宁到厨房拿筷子和碗的时候问。

妈妈愣了一下才回答：“哦，你爸爸。”

换成了叶佑宁一怔：“他来干吗？”

妈妈把汤盛进碗里：“他来说房子的事，以前那个房子要拆迁了，房产证上写的是他的名字。”从厨房走回客厅，使得句子的后半截变得轻浅。

叶佑宁也跟着走进来：“所以呢？”语气里尽是不想掩饰的鄙视。

顺手按开的电视，正在播放的是哪一部不具名的电视剧。男生捧花在楼下站了大半夜，看到喜欢的女生坐了别人的车回来，下意识地往暗处藏了藏，明明是三角关系里最理直气壮的一个，反而显得做贼心虚似的。

妈妈把声音调小，让谈话有了正式的味道。

“你爸是想在拆迁之前把户主的名字换成你。”

意料之外的转折句意，让叶佑宁心里的鼓小敲了几下，却也改变不了整个乐章敌对的基调。“补偿吗？”是在心里的问话。

“你的户口薄在姥姥家，这个周末你跑一趟，拿了给你爸送去。”

叶佑宁“嗯”了一声。

听起来像是：

“是说再见的时候了。”

“嗯。”

其实是：

“是说再见的时候了。”

“是永远不要见才对。”

{ 2 / 5 }

自从和母亲搬出去以后，就再也没回过这个地方，连带着每次打这里经过都要触景伤情似的绕开。十几年的时间，让所有旧的回忆都斑驳掉落显出新的模样，那些不变的部分，也因为故地重游的心境变了，而滋生出一些新意来。高墙变成了矮蹲，那片长长的回廊，也不过几步就能数完，左手边的草坪推出一半来做车棚，中间的小花园也新增了几套健身设施。楼下的收发室还是挤满了观棋的人，统领山河的只有两个，其余都是指点江山的看客。楼下玩耍的小孩玩的还是当年的老把戏，“盲人摸象”“不沾地”或者“写大字”。还是有老人在向阳的平台上剥豆角。几家人的媳妇儿端出来板凳，一边打着毛衣，一边散播着家长里短的流言。好像这地方晒了十年，景都变成了新的景，人却还是旧的人。

走到底楼的时候，被正跟人聊着什么的大妈认了出来。

“嘿，这不是叶家那小孩吗？都长这么大啦？”

叶佑宁有些不知所措，一时不知道该怎么回应似的，只是礼貌地点着头。

“还记得我不？三楼的王阿姨，你小时候还常到我们家玩儿呢。”对方有点儿叙旧的意思，一扭头又像是对旁边的人在说，“这孩子小时候特听话，不像我们家那小子那么淘。”

“来看你爸啊？”有人对叶佑宁说。

“嗯。”

对方点点头，一时也不知道该拿什么话来接似的。叶佑宁看准了这个空当，说了句“我先上去了”就迈过被霸占的台阶，跨了上去，还特意留了半颗心去听那些关于自己的碎语，听来的却是“啪”的一声落棋：“将军！”

五楼，正对楼梯的那一扇门，左边对联垮了一半，在陈旧的墙壁上留出一小块崭新的狭长地带。旁边还挂着干枯的艾草，小时候妈妈说用那个洗澡可以辟邪。门铃是新装上的,门还是那扇门，不知道锁有没有换过。叮咚的声音响了三下，里边传来拖鞋吧嗒吧嗒的声音，一个女声说着“来了”。

来开门的女人姓林，是爸爸单位的同事，个子不高，不施粉黛的五官也还算是标致，上一代人的标致，头发胡乱地在脑后绾起来，见到叶佑宁时愣了半晌，突然醒悟似的：“佑宁吧？”得到首肯后连忙招呼他进来，一时又慌乱着不知该如何动作，下意识地扯衣服起皱的部分，手又不自觉地伸到脑后去拢一拢头发，最后还是几把抓起散在沙发上的衣服，一边笑着对叶佑宁说着“随便坐一下”，一边对着里屋的人喊“老叶，你看谁来了”。里面的人闻声走出来，穿的是随随便便的家居服，胸前还有一摊浅色的污迹，深色衬底，一眼就看了出来。爸爸看到佑宁也是惊讶了一下，说着：“怎么来也不打个电话。我也好准备一下嘛。”然后拉佑宁在沙发上坐下，自己又去收拾茶几上的一沓报纸。

“妈让我给你送户口簿来。”

爸爸应了一声，走进厨房跟林阿姨说了些什么，过一会儿走出来问：“吃饭没？让你阿姨去买点儿你喜欢吃的。”

叶佑宁回答“吃过了”。

林阿姨从厨房走出来说："没关系，当加个餐嘛，正是长身体的时候。"

爸爸在旁边声声应着，倒是默契的一对，更让叶佑宁发觉自己是个不相干的外人。先前没注意到的，站在学步车里的小孩，正眼巴巴地望着自己，"咿咿呀呀"地说着自己听不懂的话，又像是热切地要说给自己听。看见自己正在看他，爸爸走过去蹲下来，逗着小孩："叫哥哥，哥——哥——"小孩子嘴里发出几个音，完全听不出个形式来。

叶佑宁觉得尴尬，就从包里拿出户口簿放到桌上。这时，林阿姨已经换好了衣服出来，问他喜欢吃些什么。叶佑宁推说自己吃过了，不肯正面回答。她又转身问爸爸自己喜欢吃什么，爸爸想了半天说："买鸭脖吧，他喜欢吃鸭脖，是吧？"转过头来寻求肯定。叶佑宁随意地答应着，心里却在想，鸭脖是妈妈喜欢的东西，是他记错了。

不一会儿，林阿姨就带着小孩出去了，屋子里只剩下自己和爸爸，突然就静下来，是假意的静，内里各自都在盘算着用怎样的话题来应承这份难堪。房间的陈设和自己记忆中的模样大不相同了，是另一个女人打点出来的生活，理所应当带着另一番风情，贴了墙纸，是淡色碎花的，窗帘用的是珠光的深绿，缎面似的泛着光泽，是富丽堂皇的用意，但是用错了地方，和这些家具显得格格不入，成了附庸风雅的俗气。叶佑宁毫不掩饰对于这些新装潢的好奇，视线四处游移，碰到什么幸存下来的旧物就“啊”的一声走过去。“这个还在啊。”这倒让爸爸更难堪了，不答应也不是，答又不知道怎么答，一个字音在喉咙里卡了半截，也不知道到底算是答了还是没有答。这难堪也不是叶佑宁有意要给的，看到那些拥有童年记忆的玩意儿就止不住地惊喜，一下是贴在桌脚的“机器猫的不干胶”，一下又是木门上比高刻下的伤痕，虽然重新上过漆，仍是一眼就能够辨认，3 岁、4 岁、5 岁，最上面的是 6 岁时刻下的，从此就不再长高，好像是长不大的彼得·潘，幽灵般地住在了上面。

叶佑宁抬手很轻易地就够到了门上面的窗棂，以前爸爸在上面给自己绑过秋千。

“小时候你还在这儿上面荡过秋千，还记得吧？”

“还被妈妈骂过。”叶佑宁跳起来，双手吊住窗棂的横木，压得木头嘎吱嘎吱响。

“它吊不动了。”像是对爸爸说的，又像是自言自语。

“那时你才多大啊，6 岁，”爸爸在自己身上比画着，“这么高。”

叶佑宁指住门框上的划痕说：“这么高。”

一时间，父子俩好像又不知道该说什么了。于是，叶佑宁走回来，坐在沙发上，翻那本放在茶几上的户口簿。

“过两天我就去找人过户。”爸爸也坐下来。

“嗯。”

“这房子以后要是拆了，新房子也是写你的名字。”

“无所谓，反正我又不住。”

吃了个闷憋的爸爸嘴里反复了好几个音，最后还是都咽了回去。于是又一阵沉默。这次倒是别有用心的，是害怕听到那些诉衷肠的话，像是要给这恨找个心软的理由一样。感情里复杂的成分总让人无力招架。喜欢就要单纯的喜欢，讨厌也该是纯粹的讨厌，就像爱要义无反顾地爱，恨也得是刻骨铭心地恨。那些爱恨交加、忧喜参半的心情才最尴尬，上也上不去，下也下不来，就那么卡错在中央，无论是退一步还是进一步，都是一个海阔天空，可它偏偏挑了最心机的部分，像是一把钝重的刀割在心上，让痛变得酸楚又漫长。

叶佑宁假意看表，是要走的意思。爸爸执意挽留。其实，叶佑宁是想再多待一会儿的，毕竟是童年住过的房子，随便看一看也都是童年的影子，哪一年春节从这窗台看过了覆在对面房顶上的白雪，哪一年被客厅取暖的炉子烫红了手掌，还有哪一年的夏天睡不着的夜晚，听着隔壁收音机里放的音乐，是一首名叫《雪人》的歌曲，当时还听不懂歌词，只剩旋律一直在记忆里回荡。

可是，眼下这已经成了别人的家，是别人一日三餐柴米油盐过着的日子，自己不过是偶然闯进来的看客，即使人家待你也还是客客气气的，却总是多了一个不自在，自己的不自在，也是活在日子里人的不自在。最后看自己去意已决，爸爸也就不好再多说什么，换了身衣服是要送出去。一开门，刚好撞见买菜回来的母子俩，看叶佑宁提着包要走的样子，问了句："怎么就走了？"

叶佑宁解释说自己还有事不便久留，语气较先前和缓了些许。对方也只能面露遗憾之色，待各自换了位置，一个站在门外，一个站在屋里，又特别真诚地说着"常来玩儿啊"这种客套的用词，反而让叶佑宁听来刺耳。"常来玩儿啊"既是送行又是邀请的意思，送迎背后都是做主人的那点儿权利。想来人家也不见得真有那点儿插旗标地的私心，"哎"地应了一声，叶佑宁就跟爸爸一起走下去。

在楼下遇到一些熟人，跟爸爸打着招呼，看向自己时加上一句："这是佑宁吧？都这么大了。"爸爸也总是笑呵呵地跟别人说自己年纪也这么一大把了。一问一答里都是客气，也是心照不宣的，谁也不去揭那让人尴尬的底。走到门口，叶佑宁就让爸爸回去了，做爸爸的却硬要再送一段，于是两人又默默地走了一截。偶尔聊的也是无关痛痒的话题，爸爸说他们科室的李叔叔升官做了厂长，前年被查出贪污，判了七年。"本来挺老实的一个人。"爸爸这么评价着。其实，叶佑宁并不记得那个抱过自己的李叔叔到底是哪一位，只是应付地点着头，好像总要拿点儿别人的悲喜来填补这段空白似的，除此之外，自己也找不出更合适的话题。这时，叶佑宁的心才觉出一些悲来，父亲和儿子的对话竟要依附于别人生活里的边角料才能存靠，像是要用别人的悲来掩饰自己的悲，这一点上，父子俩又是心心相印，一条心的。从路人的眼光来看，不过是一对平常父子的画面，做父亲的循循善诱地说着什么，儿子点头应着，偶尔做出“是吗”“这样”的回答。看上去是和和气气的模样，仔细一想，那和气下面做底的却是外人的客套和礼貌，有些谦恭又有些退让。

走到十字路口，跳了绿灯，叶佑宁跟爸爸说：“回去吧，我走了。”

爸爸有意再说点儿什么，终究还是拿捏不住，只说了句“路上小心”。

叶佑宁走了几步，想起了什么，又回头说了声：

“再见！”

{ 3 / 5 }

如果悲伤可以度量，该如何去比较它们伤人的能量，一种做成了刀，刺在心上，痛是锋利的痛，是大鸣大放的悲，有点儿撕心裂肺的意味，被叫作悲恸。另一种垒成石，投进心脏，痛是闷声闷气的痛，哀是期期艾艾的哀，是坠着一颗心一沉到底的意思，被认作悲哀。究竟哪一种更伤人，局外人也不好说，只有痛过的人才能比较，所以夏文希明白不了，她从头到尾都是捧着好意来的，最后演变成的结局是不是也是好的，是她和叶佑宁都权衡不了的。好坏是用来比较的，可就因为一个小小的动作放错了地方，随后的情节都物是人非。那个在一场事故中痛失父爱的少年游荡成时空外一个虚浮的意象，是和爸爸说着“再见”转身融进人群的叶佑宁洞悉不了的存在。一种存在的本身就否定或者代替了另一种存在，所以他根本没有置身事外的立场来抉择自己想要的人生。就类似，我们总是抱着重来一次的幻想，用今天的沉淀去看昨天的轻浮，带着一点儿曾经沧海的自以为是，说着“要是当初走的是另一条路就好了”这种意气用事的话。选择另一条路的我们就真的比现在的我们好吗？是因为看过了这条路上风景的全貌，走过了所有的泥泞和低洼，才对另一种未知有所期待吧？

然而趋利避害毕竟是人类的天性，就算明知道他乡是未卜的前路，也还是要义无反顾地奔去吧？

{ 4 / 5 }

回到家已经是临近吃饭的时间了，叶佑宁在楼下东逛逛西转转，在便利店买了一个加热的饭团和奶茶，边走边吃，等到差不多晚上8点半才上楼。一进门，妈妈就从客厅迎出来问："回来啦？"他"哎"地应了一声。妈妈又问："见着你爸啦？"他点点头："见了。"其实都是没话找话、明知故问的。真正想问的又憋在心里不知道该怎么问。叶佑宁径自走进自己的卧室，随手把门带上了。隔着门听见妈妈进了客厅，一颗心才终于放下来。其实他知道妈妈想问什么，这么多年来母子俩相依为命地过，虽然也没比别家缺衣短食，却总是个不完整。另一边呢，两年前组建了新的家庭，小孩也有了，一家三口不多一个不少一个，中规中矩的是个盈满。他体谅着母亲对于那边的惦记，却又为她难过，若在以前这份难过还能找到一份恨来垫脚，如今懂事了、明理了，这恨也就不彻底了，这份难过也就有些软弱无力的感觉。不是一正一邪才能写出一出悲剧来，有时候明明都是好人，凑在一起却还是凑不出个欢喜来。

或许因为身世做了底料，让叶佑宁对感情有了几分和年龄不符的沉着，一颗心稳扎稳打地用在学业上，对于爱情也是不闻不问。但对于那些纤细敏感的心情并不是木讷的一无所知。

类似于女生用一些奇怪的举动，用来引起自己注意的事情。

高中的时候，有一段时间常常会莫名其妙地丢东西，因为是一些诸如写字的笔、挂在钥匙扣上的篮球吊饰，或者是毛线手套这类完全和“偷窃”扯不上太大关系的东西，所以也就没太放在心上。后来某一天，同桌的女生突然问自己是不是总找不到一些东西，当时并没有仔细地去辨识那一部分多出来的关心和在意，也不会用到缜密的思维去揣度那些隐约矛盾着的逻辑。直到高三，女生因为搬家转学去了另一个城市，临走的时候送来用牛皮纸袋包起来的零碎杂物。那些骤然消失的笔、挂在钥匙扣上的篮球吊饰，或者冬天骑车时戴的毛线手套，还有一些因为太过琐碎和久远，让自己都怀疑是不是“曾经拥有过”的东西。

又或者是初中的时候，班里有个小个子的女生，以同路为名，天天跟在自己身后分享回家的路程。她总是隔着几米远的距离落在身后，遇到红灯的路口，慢慢停在了旁边视线可以捕捉到的范围，绿灯亮起后，又不远不近地维持在几米远的距离。这些都是在当时全然无知的情节。是别人问起来“啊，你们住同一边噢”，叶佑宁才转向女生说：“以前怎么都没遇见过。”

“骑车的速度不一样吧。”女生很轻松做出来的判断，又笑着补充道，“我倒是经常看见你噢。”

从初二到初三，抛开那些寒暑假里不用补课的日子，和因为生病没来上学的时间，和自己分享了一个又一个30分钟的女生。那个在很多年以后的某一天为了找一个联络地址，才在毕业纪念册上发现同自己根本是住在相反方向的女生。带着让自己陌生的心情，悄悄地占据了一些内心柔和的部分。

像是想起了什么似的，伸手去翻左手边的抽屉，那是装满回忆的门，轻易不会打开——半途而废的集邮册、生日时别人送的各式礼物……毕业照上的自己总是那副表情，好像就没变过，位置倒是从前排一路换到了最后。用来让别人发泄情绪的同学录，有些话平日里没办法说，临到毕业，死活横了心不吐不快似的，冷漠、聪明，是最频繁的字眼，类似的还有拆分开来的“喜欢”。翻到哪一页，有东西掉了出来，捡起来一看，是张写着“纪念品”的电话卡。

Chapter 9

9 夏文希

是因为林嘉祁偶然走进了自己的生活，和自己做着不远不近的交流，才会让自己一时忽视了他耀眼的本质。

这样一个男生，他笑着来领你的白眼，特意把游园活动的奖品留一份给你，要请你吃价值不菲的冰品，都不是因为他喜欢你，而是源于他善变的本质，像一阵风，刮到哪里就在哪里掀起一阵涟漪，然后又漫无目的地吹到别处去，也不理会那水面是不是还能恢复到从前的平静。———

{ 1 / 10 }

因为之前的事，夏文希连带着整个寒假都病恹恹一副失魂落魄的样子，整日整日地关在房间里，面前摆上一本书，却不是用来读的，是用来做给偶尔进来送吃送喝的妈妈看的。好在，在妈妈的理解里，女儿这种反常的状态是因为期末考试失利造成的，也还说些体恤的话来宽她的心。在走门串户的亲戚那里也被描述成自尊心强、得失心重的好榜样。其间，陈婷电话里约了几次，她都委婉地拒绝了，料想着看见自己萎靡不振的样子免不了要问，又不想强装出一副欢欣的样子给她看。直到开学才见到面，陈婷一把抱住夏文希，十分想念的样子："整整一个月没见你了，想我了没？"

夏文希回答"不想"。于是，陈婷就笑着去掐她的脸，追追打打又是笑成一团。夏文希的心情才逐渐回了温。

下半学期是高考冲刺的关键阶段，高三的学生个个忙得人仰马翻的样子，寒假只放了 7 天，早早地就回学校复了课，以至于才开学的第一天，高三的十几间教室已经一副严阵以待的姿势。像是受到了感染，高二的学生也有几分愁云惨淡，加上下半学期分科抉择，更让人不知道该何去何从。不过也有一早决定了去留的人，一门心思专攻一个方向，另一边就挂成个可有可无的状态，课还是照常上，捂着耳朵对付的却都是不相干的科目。老师对于这种目标明确的学生也有几分纵容，随他们去。所以刚开学不久，班里就自动自愿地划分成文、理两个阵营。像夏文希和陈婷这样的中间派就有些叫苦不迭了。夏文希不偏科，力量是平均分配的，但是情感上对理科多出来一些向往，放了数学不说，是两边都要学的，对物理和生物有几分特别的喜爱，化学本来也是喜爱的，但化学老师之前是教实验班的，有些转不过那道弯，上起平行班的课来还是一个劲儿地往前冲，把班里的学生个个当成理科天才，久而久之，夏文希就有些跟不上了，二三十分的考卷一张接一张，被打击了信心，也就渐渐不喜欢了。

学生对某些科目的偏爱也不是那么绝对，不是单纯按照左右半脑的发达程度来区分的，更多还是源于一种自我奖惩的惯性，学得好了，自然越学越有兴趣，反过来也同理可证。不过，夏文希那点儿喜爱是有些一厢情愿的性质，是不能用得分来和别人匹敌的，有些东西不是喜欢就能做数的，像智力水平这种东西，虽然不愿意承认，但是一进这所高中就明白了，某些人的大脑构造是和自己不太一样的，是羡慕不来的。

所以从理智上分析，读理的发展空间不如文科大，文科不讲天赋，是付出多少就能收获多少的，虽然枯燥乏味一些，但毕竟还是让人看得到前路的。

陈婷和夏文希情况不同，她是一门心思想学文的，但是家里又希望她读理，说是比较好找工作，所以她也就成了举棋不定的中间阵营。

在这个学校的压力是虚实相应的。大小考试的各种排名，全班的、全年级的，红白两个榜，名字是实实在在挂起来的，想藏都藏不住。各式各类的交流会、动员会，以及老师常挂在嘴边的“不好好努力就隔街读大学”的著名理论，都是一些看得见摸得着的压力。虚的部分弥漫在空气里，是气场一类的东西。课间游戏是相互抽查朝代编年表，猜的是常用单词的生僻含义，连周末也很少能约出来玩，各种借口包裹着的是名目繁杂的额外补习。明明每天熬夜熬得像个国宝似的，却还硬要掰午夜场的电视剧情。

这种压力虽然是无形的，却又是可知可感的，是飘散在教室里的咖啡香，也是偷偷做的练习题，还是放在书包侧袋里的三勒浆。关于三勒浆一度还闹出了个笑话，因为广告里吹得玄乎，也因为咖啡提神的功效到达一定程度就渐显疲态，借由一小部分人身先士卒，最后几乎是人手一瓶的。有一天，夏文希的同桌一连睡了两节课，课间的时候迷迷糊糊地跟她说：“别人都说喝这个是提神的，我昨天喝一瓶睡了一节课，想说效力不够，今天喝两瓶就睡过去两节课，难道我买成夜用型的了？”

这个笑话一度在整个年级里风靡起来，最后添油加醋地换了番模样又回到夏文希这里来。

为了缓解考试压力，也因为上学期发生的学生自杀事件，学校觉得有必要开设一间心理咨询室，在办公楼三楼的最后一间，很隐蔽的样子。夏文希抱着练习册去生物组时看了一眼。咨询室临着的窗子刚好可以看见楼下两张并排的乒乓球桌，中午总会围一群人在那儿打球，而室外的墙壁上全都是爬山虎的枯梗。夏文希仔细看门上烫金的牌子，写着“心理咨询室”，有几分郑重其事的样子，但是又很难把它和这整栋楼的学术气氛连接起来，好像来这儿咨询的人都带着请教的性质，是要学一些什么走似的。正想着，门突然打开了，一位年轻女性要往外走，手里拿着塑料的水杯，看不清实质。

“是来咨询吗？”女老师翘舌的部分带着口音，声音还算悦耳。

还没等夏文希否认，她又自顾自地说着：“你先进去等我一下，我打杯水就过来。”

夏文希也没有继续推辞，探头探脑地走进去，里面拉着帘子，光线比外面暗了一大截。靠窗的是面对面摆着的两张办公桌，桌面很整洁。左手边放着一张双人沙发，布艺的，是那种最常见的棕麻色。对面是一张相同款式的单人沙发，三个并成一组，门背后立着铁质书柜，被门挡着，看不清内容。

不一会儿，女老师就回来了，反手把门带上，房间里跟着更暗了一层。老师示意夏文希坐在双人沙发上，自己面对着坐单人那一个，刚接满的水杯捧在手心，有取暖的意思。夏文希注意到女老师的眼镜背后藏着一颗传说中的泪痣，胡乱猜想着会不会跟她爱哭有关呢？一边又想起谁说过女人脸上三处痣是性感的标志，一是眉宇正中间的美人痣，二是眼眶下边的泪痣，三就是嘴唇上面那颗媒婆痣。

“你有哪方面的问题呢？”神游的思绪被女老师的提问打断。

夏文希一时间不知道该说什么才好，又不能坦白自己其实并没有要来咨询的意思。女老师误把夏文希的为难之情当作闪躲在背后的隐私，向她保证谈话内容并不会被记录。这一解释反而更让夏文希难堪，好像自己真的有什么心理上的隐患一样。她视线上移，做出思索的样子，刚好瞥见书柜里之前被门挡住的部分，夹在中间浅色书皮的那一本写着《梦的解析》，就随口而出：“是关于梦的。”

女老师点点头：“你的梦有什么特别吗？”

“倒没什么特别，只是最近做的梦几乎都是白天做过的事再做一遍，或者是更改几处细节，或者是多添出一个结局。”

女老师没说话的意思，凝神等待着夏文希继续讲下去。

“然后常常是分不清哪一部分是真实经历过的，哪一部分又是梦里面构想出来的。”本来是想随便说些什么搪塞过去，牵一个头，就变得认真起来，说的也全都确有其事。前几天，夏文希梦见陈婷跟她说台北演唱会今年又要加场，不知道是不是又要来一次巡回，当了真，后来上网查不到确切的消息，就问陈婷是从哪儿听来的。陈婷竟一脸茫然地不知道她在说些什么。月考的作文题目也是，明明听隔壁班透露了是要写“祝福”的，不知道怎么当成了梦里的情节，偏偏准备的又是不相干的内容。好几次，人都是恍恍惚惚的，分不清虚实。

女老师问夏文希是不是有什么烦心的事。夏文希想了想，烦心的事倒是能说出几个，但都不是可以让自己焦虑起来的理由，便摇了摇头。

女老师又试着假设：“比如，学习呢？”

学习的压力自然是有的，所以夏文希就点了点头。

女老师像是受到了什么鼓舞，进一步说下去：“在你们这个年龄，又是在这种学校，有压力也是很正常的，压力容易引起焦虑，从而导致睡眠质量下降，休息不好就产生了精神恍惚的现象。所以啊，要懂得调整心态，和家人、朋友多交流。”

夏文希觉得女老师说得有理，可这道理是书本上的道理，既全面又笼统，涵盖了问题的方方面面，让人挑不出错误，然而又说不到要害的那一点去。用哲学的理论来讲，她指出来的是矛盾的普遍性，决定事物不同性质的特殊性却避而不谈，就像算命先生一样，一往细处讲就露馅了。不过，夏文希不是抱着不信任的态度来看待这一次谈话，毕竟是无的放矢，牵扯到的也是些皮毛的痛痒，也难怪女老师说不到心里去了。自己给的线索也太马虎了点儿。因此夏文希仍然谦和地点头附和着，又随便说了两句客套话，便找借口从咨询室里退了出来。经过生物组门口的时候，听到有人压低了声音在叫自己的名字，环顾四周，又看不到半个人影，怀疑最近是不是压力忒大了，严重到出现幻听的程度。走到二楼的时候，夏文希又听到啪嗒啪嗒急着追上来的脚步。林嘉祁在楼道上又喊了她一声。

“嘿，是你。”

男生一怔：“干吗那么惊奇？”

“刚才以为是自己幻听呢。”

林嘉祁慢慢走下来：“你从哪儿出来的，没在生物组看到你。”

“被抓去心理咨询室了。”

林嘉祁露出一个难以置信的夸张表情：“看不出来啊。”

夏文希一时没反应过来。

林嘉祁坏笑着抢白：“平时看你还挺正常的，想不到心理有问题啊。”还一边摇头晃脑地说着：“可惜可惜。”

“你才心理有病呢，你们全家心理都有病！”

林嘉祁笑呵呵地靠过来，挡掉过道里的一大半光。夏文希站在他的影子里，看他变成被光描出来的剪影，觉得这个场景是那么似曾相识，却又想不起来更多可以辨识的细节。

“长高了嘛。”林嘉祁用手从女生头顶平行比过去，划到自己肩线靠下的地方。

“白痴。”夏文希白他一眼，兀自往楼下走。

“这么长时间不见了，你可是一点儿热情都没有啊。”

“谁要理你。”

“嘿，我说，”声音在楼道上方盘旋，撞出些空荡荡的声响，“请你吃哈根达斯怎么样？”

夏文希停下来，从楼梯扶手围起来的狭长空间往上看，上面是对方被截堵的半张脸：“你欠我的噢。”

男生又把脑袋收回来，只听见声音看不见人：“是噢。”

夏文希又朝上面喊了句：“那什么时候？”

林嘉祁从楼道里慢慢走出来，一只手插在裤兜里，另一只手一下一下点着扶手，笑着说：“就今天。”

{ 2 / 10 }

这次意外的邀约像是给单调的生活平添了一些惊喜，夏文希整个下午都乐呵呵的。陈婷拿着杂志跑到她座位上来问：“什么事啊，这么高兴？”

夏文希反诘着："哪有。"

陈婷拿眼上下打量一番笑着说"everywhere"，没等夏文希接话，就指着杂志上的模特问这个发型好不好看。夏文希看了一眼，杂志上的模特轻描淡写的五官，中长直发披在肩上，给人一种邻家女孩的感觉，和陈婷还有几分相似："应该挺适合你的。"

"真的，真的？"

"千真万确。"

陈婷像受到了肯定，当机立断："那你今天陪我去剪。"

"今天不行。"

"为什么？"陈婷嘟着嘴问。

"今天有事啊。"

"有什么事？"

本来是随便胡诌的理由，没想到陈婷竟然认真地追问起来，一时卡在那儿，接不上话，突然想起和班长约好了明天一起去挑几本生物练习集，就改口说："今天约了和班长去买练习册的。"因为紧张语速变得飞快，以至于练习册几个字音发得有些走调。

"夏文希，你陪她都不陪我噢。"陈婷露出埋怨的表情。

"没办法啊，都约好了嘛，谁叫你不早说啊。"夏文希摊开双手，扮无辜状。正好班长从旁边经过，陈婷半开玩笑半认真地摇着她的胳膊大喊："你这个第三者。"班长有些莫名其妙地看着两个人。夏文希的心都跳到了嗓子眼上，就差没一脚把她踹开，谄笑着说"没事没事”。陈婷偏要反着来，继续拉着班长说：“我们家夏文希今天要跟你去买书，都没时间陪我剪头发。”一边说还一边假装嗔怒地拿眼睨着夏文希。

“啊？不是约的明天吗？”班长扶一下被陈婷摇得滑下来的眼镜。

夏文希真是窘到了极点，一颗心脏像是要跳断了线，耳根迅速翻红，却不得不硬把谎话一撑到底：“明天吗？我怎么记得是今天啊。”

“明天明天，星期三，我本子上记着呢。”

“哦，呵呵，我还以为是今天呢。”夏文希抱歉地赔着笑脸，肌肉笑到几乎板结的程度。

“什么记性啊。”陈婷笑着点过她的头。上课铃响起，大家都四下走回到座位。

因为刚才那个被当面拆穿的谎言，夏文希的心还一直剧烈蹦跳着，像是被平白填进一块，硌得人发慌，惴惴的，装不下其他任何东西。其实也不是什么大事，谎话的实质也都是无伤大雅的小私心，攀不上善意的边，但也绝对是和恶意划清了界限，是在诚实待人这个大前提下，偶尔才犯的小错误，有时候也是无意识的，自己也说不清楚是为了什么，懒惰？怕麻烦？或者只是想说

“不”的叛逆心理？正因这是下意识的举动，没经过深思熟虑的，才更容易被拆穿。仔细想来拒绝的方法有很多种，直截了当地说“我不想”“我不愿意”都比现在来得光明正大。陈婷刚才的表现像是信了自己记错时间的托词，转念一想，她拉着班长追根究底地盘查明摆着是对自己的考验，这么一来，最后说着“什么记性”的表情也像是带着人赃俱获的扬扬得意。夏文希摇摇头，把刚才的推论打乱重来，或许是因为自己做贼心虚才会把别人的一言一行都往深了想，完全是疑人偷斧的心理。而且自己不过是犯了“记错了时间”这样合乎逻辑的错误，别人并不一定是当成了谎话。再说了，自己就是当面拒绝了陈婷的邀约也不是什么伤感情的大事，况且拒绝的理由也确有其事，那么自己为什么这么忐忑不安呢？夏文希仔细思量着这一系列反应中让自己如此在意的环节，突然发现一个被忽略的细节，也是自己撒谎的真正原因——今天是和林嘉祁约了去吃门口那家哈根达斯的日子。

这么一来就有些解释不清了，不是一句“先来后到”可以搪塞过去的理由。夏文希虽然有些遗憾之感，却有先前的事件做铺垫，便有些自知理亏的样子，只得陪着陈婷去剪头发。想着今天下午也没说定个具体的时间，一放学林嘉祁肯定是要来班里找自己的，到时候才真是百口莫辩，说什么也说不清了。所以，还没下课，夏文希就写字条催陈婷做好准备，下课铃一响，两个人就提着书包冲了出去。对于夏文希这么迫不及待的心情，陈婷有些好奇，毕竟要换新发型的人是自己，在车棚取车的时候就笑着问她："怎么比我还急切啊？"

"早去早回嘛，回去还要做题哪。"夏文希这么解释道。又想陈婷这么问自己是不是觉得自己前后反差太大，还是有怀疑的意思，又把今天在心理咨询室的谈话讲给她听，还说自己精神恍惚，老把事情记岔。陈婷只是笑着并不接话，于是，又发觉自己似乎有点儿欲盖弥彰的性质。

隔天做操的时候，林嘉祁溜到（2）班的队伍后边叫夏文希的名字，引来后排好几个人回头。夏文希装着没听见，自顾自地做着操，又因为知道有人在看着，动作里不经意有了几分修饰，故作优雅的。做完操，林嘉祁追上来叫住她，问她昨天怎么不等自己就先走了。语气里更多的是好奇，并不多见责怪。这时，站在前面一些的陈婷走过来找夏文希一起回教室。夏文希担心被她听见了原委，就没好气地对身边的男生说："你叫我等我就等，你以为你是谁啊！"说完拉着陈婷就走，没走出多远就听见，混在各式玩笑、八卦里的，是一句略带嘲讽的语气："那你又以为你是谁呢！"

{ 3 / 10 }

林嘉祁真的生气了，这一点在随后的数次遇见中得到了证明。课间人来人往的走廊，中午混乱拥挤的食堂，还有体育课上的操场，他还是沿袭着往常欢快明亮的调子，和身边的朋友或者同学聊着什么有趣的话题，刻意规避着自己的视线，把它们连同自己通通推挡在了盲区。夏文希还发现林嘉祁的身边总是围绕着许多漂亮的女生，长头发、短头发，各有各的风情，不雷同、不仿效的好看，和林嘉祁走在一起，把校服都穿出了情侣衫的味道。谁经过时都忍不住要多看一眼，算得上这个校园里风景一类的存在。

也正是这个不经意的发现，让夏文希意识到，林嘉祁其实是那一类打着暖光出现的男生，总能在千篇一律的校服里被捕获特定的轮廓，即使不用对相貌做更多的渲染，也总是能在人群中收获无声的注视，成绩不会太好，却不影响你认为他其实很聪明，有些玩世不恭的嬉皮笑脸，却不会惹人讨厌。他像是一颗质量庞大的星球，吸引着周遭的物体纷纷靠近，却又不是真的靠近，像是裱起来的画，是有距离感的。可他又不是活在海报里的人，他生活在抬眼即望的地方，是活生生的存在，偶尔还能和你有着诸如“借光”这样短暂的交流，所以，这种距离感带来的不是彻底的迷信和膜拜，而是有些自我维护意识的抗拒和抵触。是会用“不是一国的”来限定的对象，把他挡在心动的范围以外，百般挑剔着那些不尽如人意的地方，肤浅、爱显、为人轻浮、吊儿郎当，却没有哪一样是值得自己真正排斥的选项。

是因为林嘉祁偶然走进了自己的生活，和自己做着不远不近的交流，才会让自己一时忽视了他耀眼的本质。这样一个男生，他笑着来领你的白眼，特意把游园活动的奖品留一份给你，要请你吃价值不菲的冰品，都不是因为他喜欢你，而是源于他善变的本质，像一阵风，刮到哪里就在哪里掀起一阵涟漪，然后又漫无目的地吹到别处去，也不理会那水面是不是还能恢复到从前的平静。所以夏文希虽然是分出来一块愧疚给他，却又把他的好描出一些随意的性质，像是平衡了自己亏欠的部分。也正因为这次交恶，让她庆幸有了些自以为清醒的认识，明确了那条早该划清的界限。她试图安慰自己这不过是恢复到本来该有的状态，也没让自己失去了什么、损失了什么，可是，心情并不认同意识的判断，空落落失了一块。

三个星期后的篮球比赛，（10）班对（2）班那一场，夏文希跟着全班去操场上看。太明显的强弱对比，不是指球技，而是指球员阵容。（10）班那一支队伍好像是结伴来参加偶像剧甄选一样，个个“花容月貌”，就连队服也是泛着光的橘色，衬在白色T恤上面，非常打眼，让人差点儿忘记他们比赛的实质。旁边女生小声议论着：“美人计噢。”夏文希笑笑并不接话。和男生不同，对于女生而言，球技精湛远不如姿势漂亮来得重要。而对于一个好看的男生，其余都只是附加。所以这场比赛的声势好像格外浩大，除了两个班的女生尽数出席之外，还不乏其他班的女生前来捧场。

比赛一开始就战况激烈，（10）班的男生也不是吃草的羊，林嘉祁接过队友传来的球，敏捷地晃过（2）班防守的两个队员，一个漂亮的假动作，转过身，轻松地把球投进篮圈。女生们一阵惊呼，还有人大声喊着他的名字，一个男生紧跟着接了一句“我爱你”，引来一阵爆笑的场面。林嘉祁似乎并没有为场外的动静分心，全神贯注地观注着球场上的局面，动作是实打实地认真，一个突破的姿势把（2）班的防守队员撞翻在地，领到一个犯规。阳光从他头发上反射着的橙色光芒，和他身上的橘色球服呼应着，让他看起来像是闪着光，夏文希发现他原来是这么好看。

一个犯规的小动作又让他被吹了一声哨。场外的队友叫他不要太急功近利，稳着来。只是一瞬间，夏文希察觉到林嘉祁瞥过来的目光，撞到自己很快就折回去。夏文希的心扑通扑通跳着，竟是一种莫名的紧张。

中场休息的时候，林嘉祁一边擦着汗一边向这边走过来。夏文希眼睛都不知道要往哪里看，只从地上的影子看出来他隔着两个人站到了自己的右手边，说着“谢谢”接过某个女生递来的水。对面一阵吆喝，旁边的女生就奔了去，把夏文希尴尬地暴露在林嘉祁的面前，她似乎都能感觉到男生散发出的热气和汗水健康的味道，把多出来的空间填满不平和的气场，半边脸就烧起来。旁边的女生跟他聊着什么，他偶尔笑两声作为应答。夏文希觉得话与话之间的空隙像是一种僵持不下的对峙，自己是以少敌多，首先气势上就输掉了一截，正是因为这输掉的一截，让她有了几分不甘示弱的意志，偏偏不认这个输似的。又像是赌气，是和林嘉祁赌气，也是和自己的实力不济赌气，有点儿破罐子破摔的意思。夏文希抬起头，用假装不经意的口吻对他说：“没想到你球技不赖嘛。”

一阵沉默，眼看着这句话都要落地摔碎了，林嘉祁才像突然醒悟到自己是说话的对象一样，把它接起来：“还行。”

没有沾染半点儿热烈气氛的两个字。

旁边的女生小声问着：“认识吗？”隔着林嘉祁朝自己看过来。仅仅是这一眼，就刺痛了夏文希脆弱的自尊，像是一面鲜明的旗帜插在心里那块高地上，缴获了她所有藏头露尾的向往，千军万马只在一瞬就溃败得不成模样，连不认输的那点儿力气也被抽走了。那一眼是好奇的打量，却不显得正式，有点儿不放在眼里的高傲，又轻又薄，点到为止的，像是一句话，说了什么没有听清，用的却是嘲讽的口气。

夏文希觉得不是尴尬，尴尬是势均力敌的说法。现在她是彻彻底底地败下阵来，无地自容的，想走又不能走，硬是逼着自己撑满了全场，该欢呼的时候还是欢呼，该呐喊的时候还是呐喊，旁人看起来也是一副兴高采烈的样子，整个人却是架空的，没有实质地兴奋着，亦步亦趋地混在加油的人群里，为谁加油、为谁喝彩，全是浑然不知的。如果说，这副虚张声势的皮囊还有一点点踏实的用意，那么也只是为了掩饰那一颗一沉到底的心。

夏文希是真的死心了。如果说之前所谓的“清醒认识”是基于自己那一套悲观的理论，有些口是心非的成分，那么，之后的“清醒认识”则是实践的沉痛教训，是更加深刻地认识到林嘉祁那一类人和自己的不同。其实说起来是有些荒谬的，因为林嘉祁旁边女生的一个眼神让她意识到，在他们那一类人的眼中自己是多么微不足道，而又因为林嘉祁被她义无反顾地归类到那一类人里，所以，就得出她在林嘉祁的眼中也是毫无分量的结论。又因为此前一直在内里谨小慎微生长的幻想，幻想着说不定林嘉祁就是看到了自己的不一样，才成为他眼里一个特别的存在，虽然这种特别要怎么客观定义自己也有些底气不足的样子，如同那些被漫画侵蚀的少女心，隐隐约约地期待着童话的绽放。所以夏文希的死心还带着一种自取其辱的羞愤，有些自我解嘲的性质。

最后以37比40的微小差距落败，让本来就不以运动见长的(2)班也不至于颜面尽失。夏文希终于松了一口气，率先从奔走相告或喜悦或失落的人群中抽身离开。放学的铃声已经响过了，归家的高潮已经完结，剩下的是比赛完的班级赶着在晚自习开始前把晚饭解决掉，相反的方向上已经陆续有觅食归来的队伍。夏文希顺着街道走着，惯性地来到快餐店，却发现食欲全无，退让着又朝前走了一截，渐渐地看不见穿着相同款式的校服了。正是下班的高峰期，马路上人潮涌动，夏文希小心避让着逆行的车辆，寻找着狭窄走道上的安全落脚。太阳比之前西斜了一些，把附近的云染出一些暖红色的层次，温和不刺眼，让人看着看着就忧伤起来。忧伤是文艺的说法，好像有点儿矫情，那么不用忧伤，又该用什么来形容此刻混沌的情绪呢？悲伤？还不到那种程度。愤慨？又不如那么尖锐有力度。失落有一点儿，难过占更多，总之一颗心就像沾了水的海绵，湿乎乎又沉甸甸的。还好这种难过、失落、忧伤都不用逞强，在自己心里明明白白地存在，虽然说不上是一眼即明的，却也好过之前用意矛盾的那点儿伪装。夏文希是不想也没办法把这些情绪归类，理出个因为所以来，她好像有点儿明白，又不完全明白那点儿在意的想法是什么，只是完全浸泡在这种情绪里，思维就温暾地驻足在那里。

或许多年以后，某个相似的场景里，看着类似的一片晚霞，仔细分辨着那不同深浅的红色，在心里一一对应着，赭红、橘红、西瓜红、水红，还有珊瑚红。正好也是夹在峰潮混杂的交通里，绕过迎面走来的人，重新塞进去被一个轻微碰触挂下来的耳机，正在听的是一首舒缓的歌曲，就想起了多年前的一个傍晚，自己满腹心事，一个人走在狭窄的人行走道上，却不知道要往哪里继续走下去。是不是会有一种自我欣赏的怀念，回想起那些年轻的烦恼、青涩的忧伤，或许会轻易明白那烦恼或者忧伤背后真实的隐衷，觉出些当年的可爱和天真，继而再陷入一种青春不再的大哀伤当中。那么这样想起来，现在的难过、失落就带上了一些青春逼人的气质，忧伤也忧伤得很文艺。

不知不觉走到了附近的大学门口，看着进进出出的人，是和自己身份不同的大学生，说起来，也不过是一两岁的差距，那些人的脸上却更多了一些怡然自得的成熟。这种成熟又不能和睿智对等，更和沧桑扯不上什么关系，这种被叫作成熟的东西，指代着一个高中生憧憬、期盼、羡慕的所有成分，犹如那些值得玩味的语句："已经长大却还未老去。"他们朝夏文希迎面走来，谈论的话题是下个星期的社团活动、假面舞会，或者是寝室联谊。没了校服的束缚，自由伸展着的年华姿态，都还是青春的范畴。

夏文希羡慕他们，甚至是有点儿嫉妒，嫉妒他们的自由和轻松，是认认真真在享受年轻的美好，好像自己的那点儿烦恼放进这种氛围里泡一泡也能变得近乎透明似的。而穿着校服的夏文希也在各色人群里引来频频目光，也是有点儿羡慕的意思，带点儿怀念的味道，是一种回不去的伤感。可是，那个时候的夏文希还没有能读懂这一层含义的阅历。所以她急着躲开这种特别的关注，转身朝相反的方向走回去。

{ 4 / 10 }

回到学校的时候，天已经暗下来，晚自习也早就开始了，整个学校在白炽灯的光线里静悄悄的。在外流动的点，是校工在清扫落叶，也是甩着手来散步的居民，还有偶尔暴发尖锐笑声的小孩，玩着天真烂漫的游戏。这种强烈的对比滋长着夏文希的抵触情绪，她根本不想从教室的后门溜回座位，对付那些永远解不出来的化学难题；她也不想寻找理由去回应陈婷对于她不明行踪的猜疑或关怀；她更不想被那种无形的压力控制着，听同桌解决一道难题后自鸣得意的那句“YES”。虽然这些才是真正属于她的生活，而那些社团的活动、假面的舞会、寝室的联谊，还有包裹住身体的碎花长裙，都是别人生活里的鲜艳，自己只有看的份儿。越是明白这一点，就越是怀有负罪感地抗拒着，好像腿不是自己的，挑了与意志相互违背的道路前行。

先前热烈过的操场，只留下空荡荡的一整片，被路灯照亮，看不出被踏过的形状。夏文希想起读过的一句话："一盏灯似乎投下的不是明而是暗，因为影总是比光多。"放在眼下应景地贴切。她坐在升旗台的阶梯上，4月的天，光滑的瓷砖透着凉意，夏文希把手缩进袖口，抱住膝盖，以保存一些热量。背后有些动静，是经过的脚步，朝这里走过来。夏文希不由得心一紧，转头刚好看到校服的下摆，往更高一点儿，晦明不清的光线里需要一点儿时间来辨认的脸，在看清以后，呼出一口气，像是踏实下来，却又像是在嘲笑那一刻心里突然蹿升的想法，怎么可能是他呢？他应该在教室里假装专心地对着那些书，检讨着在球场上不够潇洒的地方。

"是你啊。"夏文希挤出一个笑脸。

"是我。"叶佑宁从升旗台后面绕过来，在夏文希旁边坐下。

一时间找不出话来讲，女生抱着膝盖，影子是小小的一团，旁边的男生袖子挽起来，把手随意地搭在膝盖上，影子是张牙舞爪的一大块。附近教室里突然的喷嚏声、校门外的喇叭响，把相处的情境描摹得异常安静。其实可以交流的话题那么多，偏偏是挑错了见面的节奏，赶在沉闷的心情不愿意分一点儿来应酬的时候，本来是想问他为什么也在自习时间溜到这里来，却像赌气似的就是不开口。如果自己是一只扑火的飞蛾，那么这火光自然是有吸引另一只飞蛾靠近的力量。

“今天你们班有比赛？”反倒是男生罕见的主动让夏文希在心里小小地惊讶了一回。

“输了。”

“会打篮球吗？”

“投篮很厉害。”像是假借着心情差为理由，说什么都带着一副有恃无恐的骄纵。

像是没有料到对方会这样回答，叶佑宁眼睛里分明闪过一丝诧异，接着笑起来问：“那要不要来比试一下？”

“现在？”

“对，就现在。”

“可是又没有球。”

“谁说没有。”叶佑宁五指张开按在脚边的一团空气上，轻拍一下，另一只扶着举起来，把那个假想的“球”拿给夏文希看。不理会对方脸上回馈的惊讶表情，兀自地运着“球”朝球场靠近，每一下都像是打着节奏，在夏文希心里拍出苍劲的声响。来到三分线的边缘，叶佑宁一连串干净利落的上篮动作，把“球”投进篮圈，动作漂亮却不带花哨，是执着于比赛本身而不是额外表演。叶佑宁绕到篮圈下，捡起“球”，朝夏文希招手示意。夏文希摇头回应，他便一只手抱着“球”，站在那里一动不动地等着，有点儿强权的意思。夏文希本来把它当作一次百无聊赖的游戏，眼下又像是要认真起来，只得站起来，加入这场假扮的球赛。叶佑宁把“球”传给她，夏文希假装受到惯性地向后一闪，用右手运“球”，左手摆在面前护着朝篮圈靠近。男生放低重心做出防卫的姿势，夏文希假意把“球”带到左边，骗过叶佑宁以后，再一个灵巧地右闪，反身绕到背面，举起手正要投篮，被赶上来的男生盖了一个火锅。“球”落到地上，被叶佑宁捡起来，这次换了攻守。明显的强弱对比，夏文希连叶佑宁的影子都挡不了一半，她张开手学着男生防守的样式，一点儿没有敷衍的意思，一个左闪，一个右闪。叶佑宁带“球”逼近三分钱，举起手跳起来，手腕用力投出一个漂亮的三分。夏文希看着那个不存在的“球”在空中划出一道弧钱，碰到篮板，在篮圈里打了几个转，最终还是落进网里。

“‘球’进了。”叶佑宁开心地对夏文希说，跑过去捡那个滚出球场边的“球”。夏文希看着叶佑宁弯腰，伸手去触“球”的姿势，心里松动了一块，像是之前被挖走的部分，又被填进了柔软，如云似烟，带着人要飘起来。

“刚才只是试水深浅，现在开始来真的咯。”夏文希摆好姿势，小碎步地左右晃动着，看起来很好笑，她又像是故意要唱丑角儿一样，用电影里学来的流氓姿势，拇指擦过鼻子，说着“放马过来”的台词。

叶佑宁眼睛笑起来，是觉出女生的这份可爱，有别于以往谨小慎微的形象，无形中让关系更靠近了一些。叶佑宁也没有要放水的意思，动作都是毫不缩水的认真，带着“球”朝目标逼近。夏文希先发制人，向叶佑宁发起了攻击，一掌拍到男生的手，被叶佑宁灵巧地闪过：“打手犯规。”

“你长那么高才犯规呢。”夏文希狡辩着。

没想到女生会这么说，叶佑宁想笑地愣了一下神，立马被夏文希逮准了时机，把“球”抢了过去。他一个箭步跨上去挡路，动作大了些，和夏文希撞了个满怀，女生的头撞到自己的下颌，疼痛之余，让人在意的，还有头发柔滑的触感，洗发水的味道很熟悉，一时却又没办法找出准确的对应。两个人都有些晃神，夏文希脸上的温度微微攀升，视线犹豫着不知道要往哪里落。也是因为男生停滞的动作提醒着自己比赛还在继续，她作势拍着“球”，三步上篮，毫不费力地把“球”送进篮圈，对着还在原地的男生挤眉弄眼地说着：“说了我很厉害吧。”

15 比 24，是要赖也没办法弥补的差距。可是两个人都开怀的样子，又是个双赢。夏文希扯着外衣，给身体扇扇风，瞥见旁边和自己进行着相同动作的男生，突然产生“自己在他面前的动作是不是不太文雅”这样的想法，拉着衣摆的手就停下来，徒劳地空悬着，只好去捋一下被吹开的刘海儿。叶佑宁也是发现了女生动作的突然变化，像是察觉到那份尴尬，一时间两个人都没有话说。

“你输了噢。”

“是噢。”

“所以……”

夏文希转头看着叶佑宁欲言又止的表情，不解地问：“所以怎样？”

叶佑宁摊开一只手：“所以战利品呢？”

{ 5 / 10 }

晚自习结束的铃声响起，两个人不约而同地去看那边被打破的沉寂。有急躁的学生赶在铃声尚未结束之前就提着书包疯跑出来。教室是混乱的起点，萌生着躁动的结语。夏文希说着“等我一下”，转身朝教室跑过去，逆行在人潮流动里，像一把破筏的利器，把人流拆分成两半。叶佑宁似乎都能听见那句频繁提及的“不好意思，借光”。

等回家的人潮退去大半，教室里还残留着一些逗留的个体，拉长了结束的序曲。夏文希踢踏着脚步跑回操场，脸上透出因为运动而沸腾的红潮，呼吸加重了伸缩的力度，把一句话拆解得零落。

完整的句意是在说。

“这张电话卡只打过一次，里面还有 29 块 7。”

叶佑宁在昏昏沉沉的光线里，努力辨认着被女生递到面前的长方形卡片，上面用黑色笔墨刻画出“纪念品”的字样。

{ 6 / 10 }

夏文希这次也是认真的。

如果说之前见面时的避让，是出于对尴尬的抗拒、为难占据了大幅篇章，余光里插播的也还是小心体察的心意，念诵着对方是不是不计前嫌的侥幸。

那么，这次换来她毅然决然地把对方钉在盲点，即使察觉到了探寻的目光也绝不让视线偏离航行的直向，继续和身边的朋友聊着什么，却完全不着主题，等到那身影在可视平面里消失干净，才又抱歉地问起朋友："刚才讲到了哪里？"

这是一场此消彼长的战役，原本毫无争议占据天平重量的林嘉祁，对于女生突然的转变，竟然也不那么理直气壮起来，察觉出对方姿态里的一份决绝，之前的生气也显得不那么彻底，被旁生出来的沮丧搅乱了成分。

夏文希也是沮丧的，她曾不止一次地假想过，如果那天不是陈婷半路的邀约，自己应该开开心心地享受柔软甜腻的触感在味蕾上投下的幻觉，像是一小部分的冬天，在身体的盛夏里化开一丝清清凉凉的空气，让整个身心都开怀起来。然后，因由着"吃人嘴短"的劣势心理，夏文希在林嘉祁的面前居然难得柔和了起来，一边看他举着手里的勺子，对自己比画出"听我的没错吧"的臭屁手势，一边笑着向自己面前的冰品舀下去。

随后又在某次月考前的补习里，看着林嘉祁坐在旁边悠然自得地翻一本篮球杂志，懊恼不该被诱惑着上了贼船。

可这些全都不是恼人的范畴，和糟心搭不上边儿，是会用“可恶”来形容的，也全然不是生气的口吻。

而朋友的骄纵是一把强权的锁，把自己关在了截然不同的地方。

夏文希不免对陈婷生出一分埋怨来，又因为没有坦坦荡荡可以发泄的理由，只能憋在心里，消化不掉，总要在旁枝末节上流露出来。在楼道里故意抽出被攥住的手，刻意规避着数学课上交会的目光，在朋友答不上来的难题面前竟有一种报复的快感。那些挑衅的字句，以及语气里的轻视意味，像是在寻找着爆发的导线。

可是，总是被陈婷小心翼翼地避开。

夏文希有些读不懂做朋友的心。

她甚至连自己的心意都解析不了。陈婷和林嘉祁，一个是交往好多年的同性友人，一个是连“朋友”都要稍加犹豫的隔壁班男生，一目了然的轻重关系，就连摆上天平细做衡量都显得多余。可是在心里盘踞的因果联系如同乱麻一般理不出个头绪，那些遗憾、埋怨以及反悔的情绪都不是字面含义能够囊括的全部观感，是逻辑左右不了的感性，占据了大脑的左边，还是右边。夏文希受困于书页描写的场面，没办法站得更高，看得更全面，只能做了情绪的奴隶，顺从地遗憾、埋怨或不可避免地假想继而后悔。

所以夏文希的这种负面情绪还有一部分是源于道义和情感的

无法统一，理性的部分要负责规避重色轻友的判定，而感性的部分又叛逆地挑动了那根不和谐的神经，是明知不可为而为之的矛盾，反过来又要背负良心自我的挞伐。内里是发生了事故的交通要道，混乱失序拥堵得可怕。

或许在很多年以后看来，这种混乱、矛盾简直天真得可爱，是迁就才把纯粹的东西变得那么复杂，那些没办法坦荡的心事和那些需要矫饰的情感，也是要在长大成人以后才能懂得并且怀念的青春特产。夏文希就如同你我的十七八岁一样，还没有成长出足够有力的臂膀，用一颗感怀的心去拥抱一切恣意妄为的青涩。

所以她只是熬着、躲着，在心里暗自抱怨着。

数学课上，前排一阵动静，夏文希抬头看见那条背着老师悄然而生的波动，从坐在门口的班长，划出一条弯曲的路径，经过陈婷的时候，稍作停顿。陈婷打开字条的动作一度让夏文希误认为那就是骚动的终点，然而陈婷扫一眼字条上的内容，重新裹成一团，递给左后方的男生，交接的暗号是“夏文希”。

当字条最终落在自己这里时，她还没从刚才的错觉里醒悟过来，朝传递的同学小声问着“给谁”，得到了“给你呀”这样的肯定答复，才展开被陈婷中途截获的内容。是班长通知自己放学后去生物组整理明天要用的材料。消息一类的东西，和隐私无关，连秘密都算不上。即便是这样公事公办的字条也是烙着夏文希的名字，陈婷有什么权利擅自打开！而且动作流利到没有丝毫犹豫，连一个眼神的征询都没有，身为朋友的自己并没有赋予她这样的权利！虽然夏文希明白这并不是值得大动干戈的事，也并没有造成多么严重的后果，而且好奇心一类的东西自己从来都不曾或缺，在朋友面前因为熟悉而滋生的随便也都在能够理解的范围内，或许是因为前面的事情做了铺垫，像是寻到了火星的干草，点燃了焚烧整个草原的野心。夏文希简直怒不可遏，握笔的手在微微发颤，后半节课的公式一个也没记住，笔尖在演算稿纸上画下深刻的痕迹，太过用力以至于一连划拉出好几层的口子。心里的怒火盲目得像是要随意破坏一些什么才能得到释放。

下课铃声一打响，夏文希就拉着陈婷冲出了教室。

陈婷被这突如其来的举动弄得有些困惑，揉着被扯疼的手臂假装娇嗔地抱怨着。夏文希努力调试着适当的用词，爆裂的情绪让一字一句都变得铿锵有力："朋友是建立在相互尊重的基础上才得以存在的！"

被这官腔意味浓重的说辞搞得更加莫名其妙的陈婷，盯住好友的眼睛，像是要分辨那严肃的成分。

“给我的字条，你为什么擅自打开？”

明白事情的来龙去脉后，陈婷露出一副恍然大悟的表情，立马又被“至于吗”的不屑代替：“还以为什么呢。也没写什么啊。”

“不是写不写什么的问题，而是对别人隐私的尊重问题。”夏文希被陈婷无所谓的态度惹得更为光火。

陈婷盯住夏文希看了几秒，确定了对方生气里的正式，转而用一种和缓却不失寸土的态度说道：“因为我对文希你从来不曾隐瞒什么，可能潜意识里就认定了你对我也一样，根本就没想过和文希你有关的事是我不能知道的。”停顿一秒，“难道文希你有我不能知道的事吗？”

夏文希被问得哑口无言，原本理直气壮的怒火，被半路吹起来的东风反噬回来，烧得自己一片慌乱。陈婷的疑问是一张面面俱到的网，截堵了自己所有的退路。回答“是”的话，就等于承认了自己对于这段友情的不忠，自是理亏，而如果回答“不是”的话，之前的跳脚气焰就缺少了踏实的根基，也是站不住脚的。

夏文希满脸憋得通红，就这样和陈婷沉默对峙了好久，终于用缓和下来的语调说着：“我只是希望你能在打开字条之前至少征求一下我的意见。”

{ 7 / 10 }

生物月考的榜放出来了，夏文希在第一栏的末尾找到了自己的名字，下意识地朝榜尾看过去一眼，轻易就辨认出林嘉祁的名字赫然站在红色的阵营里。说不清什么想法，不是轻蔑的“活该”，或许是“看吧，没有我你就只有悲惨的份儿”。又摇摇头，想着自己为什么要去在意他。

中午拥挤的食堂，陈婷负责占座，夏文希捏着两张饭卡去排队。三号窗口的小黑板上写着今日供应“土豆排骨”，下面的字在扭曲的焦距里变得模糊。夏文希把餐盘换到左边，右手挑起眼角，要去认清那排残缺的菜色，前面的男生和朋友打闹着碰掉了她手里的餐盘，哐当一声，引来一阵注意。夏文希弯腰去捡，却被另一只手抢了先，礼貌地递过来。正要说着“谢谢”接过来，夏文希看清了对方是谁后，立马停掉了预备的动作，是忘了道谢，还是忘了伸手去接。林嘉祁笑着提醒女生“你的盘子”，夏文希才快速接过来，眼睛看着别处说了声“谢谢”。

为什么能像什么也没发生过一样地对自己笑呢。这算什么？抛出橄榄枝，还是求和的信号？谁要跟他和好！夏文希还纠结在刚才那一小段插曲，没有听清陈婷说的话，被陈婷“喂”的一声提醒，才晃神过来问：“什么？”

“我说，今天帮我值日，我妈生日。”陈婷无奈地重复一次。

夏文希笑嘻嘻地从陈婷的盘子里叉起一块排骨，说："没问题。"

把最后一根粉笔放进盒子里，夏文希大功告成地拍拍手上的灰，时间已经下午 6 点 45 分了，难得一个不用上晚自习的周末傍晚。天空在远一点儿的地方褪化成紫红色，近处是暖色的光，从栏杆把手上反射进眼睛，是明晃晃的一小块。学校变得冷冷清清的，隔着几个班有人在唱某首流行歌曲，分不清是两个人还是三个人的和声，被安谧扩大，闯进耳朵里。

有些似曾相识的感觉，在某个相似的傍晚，为了一本隔天考试用的练习册折回来的自己，偶然听见了一对父子生疏的对话。如同在这空荡荡的楼道来回碰撞的歌声，还留了嗡嗡的回音落在掌管听觉的神经里。明明是几个月前的事情而已，却好像几年一样遥远。

时间真是一种奇怪的概念，明明是均等划分的界限，却在有的时候走得飞快，有的时候又流逝得缓慢。只是，疾驰或幽缓都不是自己说了算的。

以前在课外读本里看过一篇文摘，大意是说，因为光的传播需要一定的时间，所以，我们看到的都是过去。虽然时间细微得察觉不出任何差异，可是，我目光拥抱的都是你的曾经。而你的现在，我总不能提及。像是漫画里才会出现的浪漫剧情，带着点儿寂寞的情绪。

夏文希点着楼梯的扶手，慢慢走下去。她想起那个隔着两年时光存在着的少年，此刻会在什么地方、做着什么事？是不是和自己一样，一个人走在回家的路上？两年后的城市还会是自己熟悉的模样吗？或者两年长到足以让陈旧全都换上新鲜陌生的品相吗？

而那个因为自己的“自作主张”遗失在时空罅隙的男生，是不是真的存在过？如果他的存在是要建立在另一种人生的“不存在”之上，那么为什么那因为伤怀而凌厉的神情在记忆里仍如此深刻呢？

还有那个在篮球场上，伸手向自己讨要战利品的人。明明都是同一个人，却又怀抱着各自不同的风情，不是毫不相关的差异，而是息息相关的寄存关系，看似显而易见，实则费尽心思也难以把持。这本来就是连科学都力不从心的话题，更何况是一个小小的夏文希呢。

思绪短暂的别离，像是被一块柔软的海绵温润地填塞，饱满的光，没有影子。只是短短的一瞬间，世界变成连绵的一片，茫茫然，无法辨析。总会有这样的时刻吧，被突如其来的电流击中，虽然只是短短几秒钟的过程，像是被抽走了所有记忆和逻辑，在哪里？做什么？或者是谁？怎么样？如同一尾随着雨水从天而降的鱼，对这片陌生的海洋只能感到本能的熟悉。夏文希一直把这种状况归纳为“神经短路”的并发症。然而，现在她思索着，如果时间并不是一个单一的概念，不只是钟表可以具象的流动，而是独立存在的一个一个和空间相连的隔断，用某种我们读不懂的程式有序地运作着，或许并行，或者交差，那么，那些恍然失序的瞬间，是不是正在被另一种时间经过？

像是梦游到一个陌生的地方。

夏文希想得投入，所以当她发觉视线里靠住墙壁的男生时，没能立马做出回闪的吃惊表情，而是辨析着进入眼睛的画面，线条围困住的色块，哪里是光抵达不了投下的影，哪里又因为反射发着亮。林嘉祁垂下来的手指，只用了食指和中指轻轻钩住可乐瓶，里面即将见底的墨色液体，摇啊摇。

用了多长时间，夏文希才从“果然喜欢百事多过可口可乐”中换过思维，忍不住倒吸一口冷气。

林嘉祁站直身，把书包甩到背上：“嗨，夏文希。”

夏文希被这轻松随意的口吻搅得收不住诧异的神色，从喉咙深处发出一个“啊”的音，转念想想自己应该把持住的立场，正一正冷淡的表情，转身要绕过去，不料被一把拽住了腕臂，强势地折了回来。皮肤上绽放开来的是陌生的温度，被骨节清晰有力地顶住，不同于女生的，是男生特有的宽大指节，几乎要整个地握住那一截手臂。停靠的距离，近得能感受到迎面而来的温润鼻息。

林嘉祁松开手，后退一步靠回墙上，视线落在地上，轻声说着“对不起”。

夏文希不知是被男生突如其来的出格举动吓了一跳，还是塌陷在他歉意的字句里，整个人还维持着前一刻的固有姿态，神情却是柔和了下来。这柔和里也有一些不清不楚的成分，不那么明确的，说不出个所以然来，不能用“释然”来简单概括，也不是“原谅”那么居高临下，就是有些什么在眼睛里，看过去的世界就松懈下来，不想追究的样子。

夏文希顺一顺因为刚才猛烈的动作而垂下来的书包背带，侧过身，与林嘉祁毗邻倚在白色的墙壁上。一时间，都没有话，空气里有一丝一毫空气来回的浮动，一切都是静静的。

“昨天啊，”夏文希率先开了口，“我梦见一个红色的电话亭，就是马路边上那种，经过的时候听到电话不停地在响，一直响，我走进去把它接起来。”说到这儿，刻意地停顿了一下。男生沿着沉默的足迹追问道：“然后呢？”

“没有然后啦。”夏文希笑起来。

“什么啊！”林嘉祁露出惯常的夸张表情，气氛像是跳过之前不愉快的插曲，又回到以前的明朗语气，“哪有讲话讲一半的啊。”

“梦就只做了一半嘛。”

夏文希笑着去抢男生手里的可乐瓶，林嘉祁敏捷地把它换到了另一边，他神经的雷达没有灵敏到去捕捉那隐匿在梦境背后的全部含义，只是笑着去接受那个不完整的结局，没有头，没有尾的，和逻辑搭不上边的，一如他粗糙的感情。

却没想过，梦的最后其实还有另一个结局。

夏文希拿起听筒。

那边传来的声音，刚好是那一句：

“嗨，夏文希。”

{ 8 / 10 }

好像因为这一次的龃龉，反而让两个人的关系更近一层似的，不单单是过道里遇上才会交谈几句的关系。两个班一起上的体育课，林嘉祁大大咧咧地隔着半个操场大笑：“夏文希你上篮的动作真是逊毙了。”引得两个班级里一阵骚动，害得夏文希没办法调整正确的动作，最后成了同手同脚的奇怪模样。

有女生凑上来问：“（10）班的林嘉祁，你认识啊？”

旁边的女生帮着腔：“岂止认识啊，关系肯定不一般哪。”

夏文希强忍住嘴角的笑意说着：“哪有，你们不要乱猜啊。”说的也都是真心话，却不是急于撇清的意思，搭着点儿骄傲的边儿，又是矛盾着要极力打压的炫耀。

林嘉祁出入高二（2）班更频繁了，借书、借试卷，有时候没想好借什么，就只是隔着门站着和夏文希有一搭没一搭地开着漫天的玩笑。连带着，夏文希的行迹也有了无声无息的关注，是和那个（10）班的男生有关的。而整个过程，落在陈婷的眼里，始终是避而不谈的，当同班的女生笑着调侃"又来找你借书了，你问问他哪天才会带书包啊"的时候，陈婷总是站在缄默的另一边，不是笑着去应和，也没有体贴地来解围，一副漠不关心的模样。只是这种漠不关心也是经不起推敲的，摆错了地方，反而显得格格不入。夏文希察觉出了这份刻意，所以在陈婷面前也小心地屏蔽掉和林嘉祁有关的话题，却总感觉有什么东西卡在两个人中间，外人看不出来，彼此却都明白。

夏文希也搞不懂这份嫌隙从何而来，是上次争执的后遗症还是另攀了新枝？而自己对于陈婷又是怎样一个态度呢？虽然之前的不满抱怨确有其事，却有一些类似于迁怒的性质。当自己和林嘉祁和好如初的时候，之前那些交恶的情绪缺少了攀附的墙，一下子枯萎殆尽。毕竟是多年的好友，是要摆在重要位置对待的人，不免为自己的小心眼生出一些愧疚来。而陈婷那句"难道你有什么是我不能知道的吗"却让自己疑猜了一阵子，总觉得那是话里有话的。

只是诸如此类的小心思，总是女生关系得以维系的介质，少了这些牵丝绊藤的计较和猜忌，女生和女生之间的感情也就散开了。除此之外，也没有显露更多感情破败的痕迹。回家的路上，夏文希的耳朵依然是空出一只来和陈婷分享诸如新专辑的感谢名单、某条来路不明的小道消息、同班同学的绯闻八卦，还有新一期时尚杂志里重点推荐的绿茶面膜。陈婷滔滔不绝地讲着，夏文希一一应着，偶尔在某条爆炸性新闻面前夸张地说着“哇！居然有这种事”，于是两个人又歪歪扭扭地骑着单车，笑作一团。

恍然间，夏文希感觉到，陈婷还是陈婷，友情还是友情，没有变。即使是被自己敏感的神经探触到一些些存在于友情里的细微异变，也没办法误导“朋友”这种事物的正确含义。那些一人塞一只耳机，在你的左耳和我的右耳的午后时光；偷偷藏在笔袋里，包裹着漂亮外衣的小惊喜；生日之前排演的“阋墙”戏码；还有睡不着的晚上用深夜电话来搭建的沟通桥梁。这些的这些，都不会因为她们共同喜欢上同一个男生的可能性而更改。也不知道是哪里借来的勇气，让夏文希对此深信不疑。

虽然是并排的行驶，也有着一前一后细微的差异。陈婷转过头来正说着昨天深夜的电视剧情。只听进了一半，还有一半落在空气里，被风温柔地接住，又不知道将吹向哪里。朋友的脸拓成影子，擦过自己的脸缘，夏文希故意放慢节奏，让自己落在阴影里，看夕阳暖黄色的光给对面的人描出一圈毛茸茸的边，看得清纷飞的黑色丝线。就只是这么看着，眼前的人却突然美好得不真实起来。

“小心！”只听陈婷一声尖叫。

夏文希猛地捏住车闸，和一辆横向行驶的白色面包车擦肩而过。一时间，两个人无话，夏文希只感觉额头吓出一层细密的汗，手心也有些泛潮。陈婷缓过劲儿来，问她有没有事。夏文希摇摇头说着没事，低头看见手背上被捏断的车闸线划破的一道血痕。

“这个路口的红灯老坏，总有一天要出事！”陈婷对着对面罢工的交通信号灯愤愤不平地抱怨。

夏文希把弄着失去弹性的车闸手柄，心想，今天只能走回去了。

{ 9 / 10 }

就像是为了证明朋友的先见之明一样。

隔天上午第三节课的课间，有一群叽叽喳喳的女生在（2）班教室门口探头探脑，某个女生爹着胆子叫了一声“夏文希”。

夏文希正在和一道落在第三象限的函数倒推题做斗争，听见有人叫自己的名字，抬起头来，看见门口出现了三五个陌生的面孔，有些迟疑，幸而中间的一个女生朝她招手，她才起身走过去。

“我们是（10）班的。”还没等夏文希开口，一个女生就迫不及待地自报家门。夏文希点头回应，心里却嘀咕着，关我什么事，表情不自觉地摆成一个问号。那个说话的女生递眼神给站在右边的女生，那女生却耸耸肩膀推给旁边的人，她们这么推来推去的神情，被夏文希看在眼里，不觉有些想笑。最后还是那个先前自报家门的女生接过话题："那个，我们班的林嘉祁，就你认识的那个，昨天出了车祸，"看夏文希猛地吸上来一口气，赶忙补充道，"不太严重的那一种，只是伤了腿。"又征求同意似的，朝后面的女生看去一眼。

"小腿骨折，右边。"后面的女生进一步阐释着。

夏文希"哦"了一声，不动声色地把提上来的气呼出去。

几个女生不作声，像是在仔细研究着夏文希的表情。这种类似审视的探寻，让夏文希有些不自在，清了清嗓子，用尽量平和的听不出波澜的语调问着："然后呢？"

"哦，是这样，鉴于林嘉祁同学平时热情开朗、善待同学的作风，我们班几个同学打算放了学去他家探望一下。"又一次停顿下来，像是仔细挑选着继续话题的时机。后面一排的女生有些沉不住气，拨拉着挡在前面的脑袋："想问你要不要一起去？"

语毕，几个女生相视一笑。那笑里是不懂得修饰的暧昧神色。夏文希并不迟钝，她当然明白那些言语之外的含义，不自觉就红了脸，一时不知道该如何应对。正在这时，陈婷一只手搭上夏文希的肩膀，警醒地扫一眼面前的几个人，转头向夏文希问道："什么事？"

"哦，是我们班的林嘉祁同学出了场小车祸，我们打算放学去探望他，想问问夏文希同学愿不愿意同往。”仍然是后面一排的女生，笑笑地答了话。

夏文希明显感觉到搭在肩膀上的手轻微改变的力量，随即抬眼去看以捍卫姿态迎上来的伙伴。不自然的神色也只是一瞬间，陈婷随即露出疑惑的姿态：“（10）班的？”这话问的不是夏文希，得到对方点头默认后，便转过来拍拍夏文希的肩膀，“那今天不等你咯。”转身朝教室后排走去，抱住胖胖的女班长，用夸张的口吻撒娇着：“今天放学陪我去逛书店噢。”

哪里的链条掉下一块，“咔嗒”一声，夏文希就像是一部失修的机器，瞬间忘记了运转。

{ 10 / 10 }

林嘉祁的家位于距离学校 20 分钟车程的地方。学校对面乘坐 302 公交车就可以抵达，七八个人鱼贯而入，顿时让闲散惯了的车厢显得拥堵起来。这就是所谓的好人缘吗？夏文希不禁这么想，也不知道该抱着一种什么样的心情，羡慕还是嫉妒？想到自己生病的时候，顶多只有一个陈婷会打来慰问的电话，也没有一个善良的同桌贡献一份笔记说“借你抄”。而眼前的七八个人，因为受到林嘉祁“热情大方、乐于助人”光辉的照耀，在探病的道路上，用的是一条心，连带着她这个局外人也格格不入地穿插在他们穿针引线的话题里，有些无所适从。他们的话题离自己远了些，纵使做出一副热切关注的样子，也总是被那要义绕着走。那故事里的人活在别人的剧本里，和自己没有交集，那通俗含义里省略掉的默契，也容不得外人插足，自己就像那西洋钟摆上左闪右晃的眼睛，有些滑稽。

夏文希想起上一次乘坐这趟车的经历，被一个神经粗糙的男生，用一种违和的浪漫手法，化开了一些凝结的伤疤。那些渐次经过的高楼大厦，自己从来不曾想过，会是他日夜往返的家。那些被自己看在眼里的新奇和诧异，落在他的眼睛里也不过是一些平平常常的表意。说什么“坐上一辆不知道开向何方的公交车，把烦恼留在路途上”这种装腔作势的话，明明就是蓄意带自己领略了他每天必经的地方。夏文希在脑子里勾勒出林嘉祁得了便宜还卖乖的无耻样，忍不住要在心里骂上一句脏话，却又隐约体会到那藏在动机里的微小用心，一种难以言表的情绪就霸占了心头。

“夏文希。”听见自己的名字，夏文希猛地回过神，一脸茫然地看着对方。

“那个地理老师是教你们班的吧？”一个女生转过身来扶着椅背这么问。

“啊？”

“就是搞婚外恋那个啊？”女生一副兴致盎然的表情。

“没说是婚外恋啊，只是闹离婚嘛。”旁边的女生更正道。

“到底是什么嘛，夏文希你们班应该最清楚，说来听听。”

虽然第一次听说地理老师的婚姻变故时，也是一副娱乐至上的表情，可是被别人这么随意问起，却又有了一份想要维护的心情。夏文希摆出一副义正词严的姿态，辅之以挥手的动作：“没有的事，别听别人瞎说。”

几个女生碰了壁，做出一副自讨没趣的表情，转过身，又挑起新一轮的话题。夏文希不免有些失落，后悔自己少了些入乡随俗的智慧。

林嘉祁的家所在的小区是“一座为城市新贵族构建的独立生活公寓。提出以营造自然生态的园景为主要手法：生态小溪，加上百花争艳，意境如画，柳岸蜿蜒，绿色葱葱，构成一道美丽的城市风景线”。通常，小说里，有关这些情节的描写都不是单纯地为了营造一个月朦胧鸟朦胧的传统意境，而是为了彰显男主角良好家世的小手法。夏文希也依旧不能免俗地要去算计，横亘在对方和自己之间的大落差，一个是“拥有24小时免费送货服务的便利店”，一边是与早餐店比邻而居的小卖部，那里是矮房子的天下，低洼的路面总在雨天盛满了水，自行车打着响铃，左右穿梭，一不小心就轧碎了投在水洼里的半个人影。多少个早晨，夏文希都是老大不情愿地从卖油条的老板手里接过来油腻腻的钢镚儿，她的扑满里装满了黏糊糊的零钱，摇一摇也都是闷声闷气的。有时候，她也忍不住想，是不是把自己放在“一座为城市新贵族构建的独立生活公寓”这样的环境里，也能陶冶出一副没心没肺的情操来。

领路的人拣了一条仅供两个人并行的砾石小路走，7 个人的队伍自然而然地打散重组，夏文希便落在了最后一个。一时间大家都没有说话，只听见书包里文具相互碰撞的叮当声响。

“那家伙在家干吗呢？”电梯里，站在角落的一个男生这么问，“绝对是为了通关而努力奋斗着。”

“生病还真好呢。”

电梯“叮”的一声，夹在那一句尾音里，缓缓打开。领头的人说着“这边，这边”，带着部队朝左边的甬道前行。

开门的是林嘉祁的妈妈，或许是之前通过电话知会过，所以看到一大群人并没有吃惊的样子，笑容可掬地把大家迎进来，一边对卧室方向喊着“林嘉祁，你同学来了噢”，一边招呼大家在客厅就座，随即从厨房里端出准备好的水果拼盘。夏文希一眼就能看出眉眼是母子俩相似的部分，心里感叹着，林妈妈年轻的时候一定是个大美人。

寒暄间，林嘉祁单脚蹦跳着出来，打了石膏的右脚弯曲成一个特定的姿势，说着“来了”，余光瞄到坐在角落里的夏文希，不由得睁大眼睛，想要说什么，却又没说，一拳捶在领路那个男生的身上：“闷死我了啦。”

接下来便是居家聚会的惯常情节，只不过主角是一个因为交通事故而不得不拖着一条笨重右腿的高中男生。女生们聊着最近热播的电视剧剧情，男生则用游戏秘籍互通有无。交叉的部分是流传在校园里的某个无聊八卦。有第一次到访的客人嚷着要参观参观主人生活的地方。不负责任的主人做出一个“有请”的姿势，自己却窝在沙发里伸展着慵懒的皮相。林妈妈不断地提供的美味餐点，更让这场名为“探病”的行动拥有了近似于茶话会的休闲性质。

夏文希进不到话题里，索性四处乱逛。这是一套跃层结构的住房，林嘉祁的卧室位于几级台阶的上方，门把手上挂着Q版的樱木怀抱着一块“非请勿进”的牌子，门没合上，从打开的角度刚好可以看见放在床前地毯上的游戏机和散落在周边的彩色杂志。窗帘也只敞开了一半，让房间的一部分落在阴影的未知里。夏文希忽然意识到自己正在窥探的是一个男生的私密空间，不由得怯了半步。

“房间很乱。”

夏文希一回头看见林嘉祁站在台阶下，笑着对自己说。随即轻巧地依靠左腿拾阶而上，站到夏文希面前。此情此景之下，夏文希觉得应该说些什么，一时间又不知道该说什么好，显得有些尴尬，低头盯着那条打了石膏的腿问：“痛不痛？”

“嗯，还好。”林嘉祁只是轻描淡写地回答。

“哦。”夏文希拼命搜索着适合用来交流的对白。

“没想到你会来。”

“啊，那个，你们班的女生说你出了交通事故，问……”说到这儿，那个代表自己的第一人称却怎么也说不出口，夏文希突然意识到自己格格不入的感觉，并不仅仅是因为缺少了共同的话题，也不单单是由于自己被夹在了一群陌生人的中间，而是来自一种有别于共性的特殊性质。自己并不是林嘉祁的同班同学，认识的程度还停留在了解的范畴以外，有些交情，又远不到死党的程度，那么自己为什么会被陌生的同校女生邀约一起来探病呢？是自己都能察觉的特别含义，那么自己此刻站在这里的事实，是不是就等于默认了这种特殊含义的存在呢？夏文希忽然意识到自己绕进了一个铺陈好的语言陷阱里，不觉有些脸红，又因为察觉到自己处境的窘迫而衍生出一些怨怼的情绪，转身推开一侧的房门，说着："看看。"

一旁的林嘉祁赶紧单脚蹦跳着挤进门，慌乱地拾起随意放置的杂志，胡乱地塞进抽屉："别随便进来啊。"

"有什么关系！"夏文希一边漫不经心地四处打量，一边用异样的眼神语带调侃地说，"难道有什么不能让人知道的吗？"

林嘉祁倚坐在桌缘，左腿直直地伸出去，并小心地不要触碰到受伤的右腿。因为刚好是敞开窗帘那一半，光线就沿着身躯被裁走了一块："有啊。"

夏文希大大咧咧地向右跨出一大步，让自己重新站进光线里，没过窗台的白色窗帘，被风拂动，让室内的光线有韵律地变换着："有什么？"

男生的视线在她瞳孔里轻点而过，掀起一圈圈涟漪四下扩散，在单薄的空气里，碰到了什么弹回来，像是回声在耳朵里投下的错觉："喜欢的人。"

Time

Machine

10

Chapter 10 叶佑宁

我愿意付出所有来换一个时光机。

{ 1 / 5 }

出来的时候，地上已经被细细密密的雨点浸成了深色，叶佑宁心想着超市就在不远的地方，料想着这种下法，要酿成需要遮蔽的瓢泼大雨还要一些时候，便打消了折回去的念头，朝前路一阵小跑。

本来只是买一袋盐而已，结账的队伍已经排到了最里面，叶佑宁微微皱了皱眉头，站进队尾。队伍前行得缓慢，他漫不经心地看着窗外的街景，刚才还如同水汽一样弥漫着的雨，此刻已经演变成了能看清雨丝的态势。玻璃上张贴的洗发水海报上，某个当红影星被无聊路人馈赠了一副黑框眼镜，显出一些嬉皮的味道。大雨迅速把街道隔成两岸，岸边是始料不及避雨的行人。叶佑宁提着包装袋的一角，站进顺着屋檐一字排开的人群中。超市门口投币的儿童玩具欢快的音乐，撞成耳膜里一阵并不应景的噪声，叶佑宁转头看坐在玩具车里的小孩，露出了不耐烦的表情。右手边的队伍有些波动，隔着三个人的地方，挤进来被雨浇得半湿的女生，用淡紫色碎花手帕擦头发上的雨水，一小撮头发贴在额头中央，让人忍不住想替她撩开。随着手的动作窸窣作响的，是被提在左手上的墨绿色塑胶袋，有一部分字体凹进褶皱里，只能辨认出后面“书屋”两个字。

说不上是哪一块被无意碰触，总有些似曾相识的感觉。眼角还是眉梢，或者是那副普普通通略带狼狈的样子？一个念头在心中陡然升起，又被自己摇摇头散去了。说起来，对于夏文希的记忆就像是偶然被风吹落的种子，卡在记忆的凹痕里，总要因由着什么现存的事物提醒着，才无意在角落里翻出一些陈旧的姿态；像是一首听过的歌，无从想起，某天被人无意哼起，才生出一些朦胧的记忆来；像是梦，又不是梦似的。

让叶佑宁发疑的是，如果说时间是一条直向前行的河流，从古至今这么蜿蜒而来，那么，他和夏文希的交集就应该是一段既定的历史，平躺在他的记忆里。而事实像是文学里惯用的倒叙手法，那一条条来路不明的短信就是直指要义的线索，暗示着来时的痕迹。明明是一段陈年的记忆，自己却也同那些置身事外的人一样，得去猜去想那藏头露尾的事实。

类似的经历也不是没有过，就像那些儿时的记忆，大多也是被母亲提示着才得以存在的，或者是某段尘封的旧事，也只在友人的追忆里原貌重现。这都不是能用“离谱”和“奇怪”来概括的事，大多是抱着“原来还有过这样的事啊”的心态，微笑着接纳。

虽然说不上来具体的缘由，可是，叶佑宁明白这一种感觉和以往的经历都不相同。那些有关夏文希的记忆像是在两段时空交错的结点上凭空出现的。也就是说，在自己这段时空周游的历史里并不存在夏文希这样一个人，而因为和自己对接的时空里存在的夏文希打破了依序发生的陈设，才导致这样一段段记忆，出现在脑海里。或许应该这么理解，自己对于夏文希的陌生并不在于遗忘，而是因为她还没有在相对的时间里被创造出来。

想到这里，一阵电流迅速爬过全身，给神经带来一瞬间麻痹的体验。很难用惊诧、惊讶或者是惊喜来简单概括，像是游走在逻辑的迷宫里，那起点不是起点，终点也未必是夙兴夜寐的目的地，那条蜿蜒曲折的道路，才是让人意乱情迷却又心驰神往的来源。

夏文希不是夏文希，而自己也未必就是原原本本的自己。

空气中飘浮着无数个蠢蠢欲动的概率。

只是极其微小的一个变异都足以南辕北辙地打造出一个完全不同于此刻的自己。

握在手里的一角，向下滑了几寸，叶佑宁加大了指尖的力度，透露着骨节清晰的苍白色。

耳朵里装着心跳的节奏，一槌赶似一槌，叶佑宁几乎都能感受到激荡的心绪在面孔上分裂出来的微小变化。屋檐下是避雨人，外面被雨水浇灌的却是更广袤的未知。余光里那撮贴在额前湿漉漉的头发撩拨着心底按捺不住的好奇和窥视的贪欲，叶佑宁毅然向前，留下一个雨中的背影。

门一打开，看见满身湿透的叶佑宁，妈妈一边抱怨着“怎么不等雨小一点儿再回来”，一边赶紧从里屋拿来浴巾给叶佑宁披上。叶佑宁迫不及待地把盐递到妈妈手上，不顾身上还滴着水的着装，冲进卧室在抽屉里一阵乱翻。妈妈追进来说着：“赶紧去洗个热水澡，不然得感冒。”

叶佑宁低头不语，找了半天，才抬头问：“有没有看见过我的毕业照，超长的那一张？”

毕业照分两种。

各个班级的和整个年级的。

站在操场上的人，被那道白光扫过，就成了相片上永恒的静止。高三整个年级，12 个班，统统装在一张格外延伸的画布里。每个人都是小小的一点，看不清长相的脸，洋溢的却都是藏不住的年轻。

叶佑宁的食指在属于（2）班的那一部分一一点过，有过犹豫，有过迟疑，最终还是没能从脑海里拣出一片完整匹配的记忆。他把照片翻过来，重新辨认那一排排小号的名字。

却还是没找到有关夏文希的痕迹。

{ 2 / 5 }

电话在另一间房间响了三声，被妈妈接起来，简单交谈了两句，朝里屋喊过：“佑宁，电话。”

电话那一头交代的事是，为了某个归国故人筹办的聚会。

时间是周六下午 5 点。

地点在商业街的某家火锅店。

对方用了“一定要来噢”这种不容置疑的口吻，抢在叶佑宁正在思索婉转拒绝的措辞之前。

挂上电话，一个喷嚏迫不及待地做了收尾的符号。

“看吧看吧，就说会感冒吧。”妈妈抱怨着把湿漉漉的叶佑宁强行推进了热气腾腾的浴室。白色的烟雾源源不断地从莲蓬头里流出来，整个空间像是被白纱笼罩着，暖色的光挑出一些稀薄的部分洒下，镜子上的水汽凝成水珠滴下来，拖出一道明亮的痕迹。叶佑宁想起某次短信的交流中，夏文希说过冬天教室里的玻璃窗因为热气起了雾，整个外面的世界都是雾蒙蒙的一片，她用手指在玻璃窗上写了一个“夏”字，后来，没注意的时候，“夏”字就化掉了。像是哭了一样，夏文希这么说。

妈妈隔着门说着什么，听不清，思维像是在热气里被搁浅了一部分，是睡意蒙眬时没办法聚焦的视线，恍恍惚惚的。

突如其来的流行感冒让因为熬夜抵抗力下降的身体在拍照当天卧病不起。

或者因为踩空了某级数漏的台阶扭伤了脚踝。

夸张一点儿的，因为某个亲人的离去不得不请假缺席。

这些都有可能成为多年后不无遗憾地用来解释那张唯独少了自己的年级毕业照的理由。然而，让叶佑宁更为在意的是，这个隔着两年时光、跟自己遥遥相望的女生，只存在于手机短信的文字和支离破碎的记忆里，连一张供人指证的凭据都没有，像一段空口无凭的传奇，免不了让人生疑。叶佑宁认识的夏文希是清晰可见却又虚无缥缈的，是确有其事的深刻顶撞着无法捕捉的轻浮。就好像隔夜的梦一样，你明明知道它存在过，留下了残缺的知觉，有关内容却没办法言说更多。

越是难以言喻，就越是想要解释得更明白一样。

传说越是扑朔迷离，越是离经叛道，就越是撩拨了那一点儿急于证明的俗世的好奇。

真的感冒了，叶佑宁想。脑袋钝重得如同灌了铅，一些来不及厘清的混乱逻辑也不得不为困意让道。叶佑宁顾不得还没吹干的头发，一头栽进了被窝里。如豆大的雨滴打在玻璃窗上噼里啪啦响成一片，梦里的世界却异常静谧。一排长长的桌子堵住了梦的出口，光线在窗帘的翻飞里明暗，一起一落，一明一暗，配合得刚刚好。叶佑宁背对着窗户坐着，白色窗帘撩起来的时候，会蹭到他右边的耳朵，他看着光线的变幻，计算着每一次窗帘飞起的时机，身体里的每一个细胞就为了迎接那短暂轻柔的触感而奋力准备着。他漫不经心地把书翻到某一页，文字都落在他自己脑袋的影子里，辨认得吃力。那双在梦里观望的眼稍稍移动了方位，就看见了被胳膊挡住的注脚，蓝黑钢笔的字迹遒劲有力，再近一点儿，看清了，是，林嘉祁。

{ 3 / 5 }

叶佑宁到达火锅店门口的时候，手机屏幕的时间刚好是 17 点 15 分。这是表面时间。而他的手机，记得没错的话，比北京时间快了 8 分钟。所以，准确地说，现在是北京时间下午 5 点 07 分。门口已经站满了排队等号的人，都是慕名而来的饕餮之徒。叶佑宁隔着玻璃门朝里张望，刚好对上朋友示意的眼神。

围坐在角落里的 7 个人，6 个是故知，另外一个是新鲜面孔，依就座的位置和姿态推断，应该是某位男同学的“家属”才对。从澳大利亚回国省亲的赵同学见到叶佑宁，一脸兴奋地从隔着几个人的对座换到了旁边的位置，一副急于叙旧的样子。说起来，高中的时候，叶佑宁和赵同学还算是有些交情的，算不上太深，不过刚好都是物理老师钟爱的得意门生。赵同学属于勤能补拙，“努力的天才”那类型的，一副高度数的眼镜充分体现了他资优生的架势，据说他一天只睡 5 个小时，其余的时间被各个学科分比例占满，物理分得多一些，于是也就成了被人称道的物理尖子生。相比较而言，叶佑宁则多了一些禀赋的成分，他并不觉得自己有多聪明，却刚好在物理学科上，比平常人多开了几窍，有些信手拈来的意味。然而天赋这种东西总是缺少了一些让人心悦诚服的力量。因为你有，他没有。

听说每个人都有至少三种天赋，有些人开发得早，有些人开发得晚，而有些人或许终其一生也没有机会看一看装在盒子里绑着缎带的礼物是什么。叶佑宁想，如果自己的天分是和物理沾点儿边的，那也不过是在校园时光这个特定概念下短暂发光，并且会在时间的催化下逐渐演变成一个不值一提的特长，就像擅长考试也只是在学生时代为人称道一样。反而，如果这种天分被确立存在，就好像剥夺了另一种更为有益的天赋存在一样，有点儿得不偿失的感觉。

赵同学一只手搭在叶佑宁的肩上，一副交好的样子，可是这种相熟又不是脚踏实地的交情，有些以点概面，以偏概全，显得有点儿虚情假意。他滔滔不绝地描述着异乡的见闻，从自然风光，到社会形态，以及贯穿始终的风土人情。锅里翻腾的热气，把气氛烤得有些绵软，眼前的人看来多了几分念旧的柔和，距离感是存在的，只是那距离也是画布上的透视原则，近大远小的。

不知道是被这热气烘托的，还是那几杯下肚的酒放大了神经的感知力量，借由赵同学漂泊异乡的辛酸感触，扩散到每一个围桌举杯的人，交融成一种默认式的伤感，这种伤感有些来路不明，是怜悯他人，也是伤怀自己的，好像人一长大，心里就总揣着点儿苦，时不时要拿来震撼一下心灵的。这种集体式的默哀好像一种仪式，你置身事外吧，显得有些不解风情；融入得深了，又有些小题大做的尴尬。叶佑宁陷在这种进退维谷的情绪里，有些无所适从，只能把杯子里的半杯啤酒一饮而尽。

“听说宋国庆和他老婆离婚了。”某个女生为了调和气氛说着八卦，却因为转得太突兀，让大家的情绪有点儿不知道该怎么收场似的，都僵在了一起。

“谁？”旁边的女生问。

“以前的地理老师。人挺风趣的那个。”

“好像有那么点印象，教（2）班的吧。”赵同学把搭在叶佑宁肩上的手抽回来，转身朝向右边的女同学，得到对方肯定回复后，像是受到了鼓舞般，继而言之凿凿地回忆起以前闹得满城风雨的婚变事件。

“这个事，× 最清楚吧。”最先挑起话题的女生眼风一转，看向唯一的那张生面孔。

叶佑宁于是知道了她叫 ×，之前没人介绍，或许之前介绍过，被自己无意错过了。

“对啊，× 是（2）班的嘛。”赵同学恍然大悟地点头。

坐在家属位置上的 ×，对于突然置身话题中心感到有些意外，像是上课走神突然被叫了名字的学生，而她接过话题的神情显出一点儿急不可耐的激动，像是在舞台的角落等了很久一般，对于突如其来的垂怜，急于讨好似的想要贡献比索要得更多。“是啊，来闹过好几次呢。有一次刚好遇上我们上课，被校方出面劝了回去。”停顿的间隙，她拿眼睛去看身边的男友，像是寻求附和似的，可明明没人应该比她知道得更多。

一时间，大家又陷入一种无所适从的集体尴尬中，对于那点儿旧闻的好奇不过昙花一现，不比报纸上的一个标题更耐人寻味。最尴尬的还要数 ×，因为她最后一个说话，像是举拍重击却没等来那同等重量的反射一样，难免产生一种自己的话乏善可陈的自我责罚。她扭了扭身子，伸手去拿桌子上的杯子，放在嘴前啜了一小口，茫然看向突突冒着泡的热锅。

“你认识夏文希吧？”叶佑宁的声音并不大，周围的人却因为沉寂得久了，像是受到惊吓般猛抬起头。

“啊？”× 睁大了眼睛发出一个迟疑的音调。

“是车祸那一个吗？”赵同学用一种不确定的口吻小声询问。

据说，声音和图像是通过刺激感受器官产生神经冲动，再经由中枢神经传递给大脑，在一系列复杂的演算过程后，大脑再将这种冲动换算成一种抽象的意识。好比我们看到光，光通过刺激我们的视觉神经，产生神经冲动，大脑便根据经验把这种冲动翻译成“亮”。如同“车祸”一词通过刺激叶佑宁的听觉神经，形成一种强烈的神经兴奋，这种兴奋携带着古老的生物密码，经过长途跋涉进入大脑，大脑就像一个庞大的指挥中心，从浩渺的资料中抽出与此相关的记忆，加以重组和分析，最终得出一个出人意料的结论。或许这个结论来得生硬了些，截堵在胸腔里难以消化，抽掉过来大脑用于思考的血液，便产生一种如梦如幻的不真实来。叶佑宁感觉到这是一种前所未有的新奇体验，一些用于佐证事实的记忆片段，像寒潮一般突如其来，一些是画面，一些是声音，杂乱无章地连接成一部逻辑混乱的电影，像是卫星信号中断导致的声画错位一般让人难以忍受。这些记忆来得无凭无据，像是从大脑凹层里凭空捏造的臆想，即便是叶佑宁自己，也无法否认那些片段在身体里投下的真实触感，如此深刻，是一种熟悉和陌生共生共存的矛盾体验。想要极力抗争，却又无力挣脱的。

他能清晰地看见那张贴在公告栏里的白色讣告，因为潮气而微微翻卷的纸边，显出一种颇具违和意味的散漫松懈，和那讣告用于指代的沉重内核如此大相径庭。他还能听见周一朝会上被扩音器拉长尾音的悼文，默哀的三分钟里清脆的鸟叫声。他还记得那是一个平平常常的初夏早晨，太阳在东边天空染出一小片温和的暖橙色，天空万里无云，旗杆上的国旗在微风里有气无力地招摇着，有点儿派不上激昂用场的颓丧气。那真不是一个适合与死亡有所牵连的风和日丽的早晨，叶佑宁无从想象死亡会如此朝气蓬勃，在他的认知里，死亡应该属于秋天的黄昏，干枯的树叶在寒风里做着离枝的最后挣扎，空气里弥漫着某种熟透了的芳香，像是生命在最后一刻不遗余力地绽放，一派风烛残年的景象。这才是适合死亡登场的场景。他还记得学校不远处的十字路口被路障包围起来的泥地上，躺着一圈被白线描摹出来的形状，无从辨认此前身体叠放的顺序，那是一种扭曲的不自然的姿态，像是一块破布被随意扔在地上的特有姿态，不整洁的姿态。让人无法想象这里曾经安放过一个年轻的生命。周五的音乐广播里有人为逝者点播了歌曲，叶佑宁打完篮球，带着满身的热气正从操场走向教室，学校的音响设备由于老化而显得瓮声瓮气。他穿过开满七里香的长廊，刺眼的阳光暂时被挡在枝叶以外，歌词听不太清，旋律却意外地熟悉，走廊边的长凳上有靠着柱子纳凉的女生，嘴唇细微翻动着，在轻声和唱，以至于让叶佑宁经过时，听明白了唯一的一句歌词：

“我愿意付出所有来换一个时光机。”

这就是一场死亡带给叶佑宁的全部体验，不是悲伤也不是遗憾，而是死亡特有的轻佻神态在认知里掀起的反叛，一反往日的郑重其事。叶佑宁不得不重新检视自己对死亡的比拟，像是晴空万里的海面骤然卷起的一场风暴，让天气预报员睁大了无知的眼。

生命会自己找到出路。

不知道为什么，脑子里突然闪过这样一句话。叶佑宁想，原来那些找不到回应的问题，只是在等待一个事实的判定，并不需要处心积虑费尽心思地探寻，终有一天会自动自愿地遇见代表答案的另一半。就像那个在集体照上失效的姓名，最终以这样意料之外的姿态寻到了应该摆放的位置。

就像生命会自己找到出路一样，问题也会自己找到解答。听起来满是宿命的味道。叶佑宁转念一样，正是因为那一场意外的车祸才导致夏文希在毕业照上的缺席。这才是事情应该有的先后次序。只不过自己事先阅读了故事结尾，才让起因变得扑朔迷离。

× 并没有因为掌握了事件更多的经过而显得津津乐道，不知道是出于先前的小小打击，还是来源于对死亡本身的敬畏，也没有人去深究“夏文希”三个字之于叶佑宁的重大意义。同一件事实在每个人心里留下了各自不相同的性状，只有此时此刻那种不深究的沉湎姿态才是殊途同归的。

这一刻的所想所感，连叶佑宁自己也是分辨不清的。他感觉到握住酒杯的手在不住地颤抖，头皮发麻，从内至外透着寒意，背上却洇出一层细密的汗，像是惊吓过度的身体反应。按照之前的推论，一旦在自己这一边形成记忆的事实，在相对的时空里就应该已经确立发生过，那么躺在手机短信里的夏文希已经不复存在了。他才察觉到那复杂情绪里的懊恼成分，是有些追悔莫及的意思。他似乎觉得自己有义务和责任去阻止一些什么，挽救一些什么。可是他能吗？他不能。时间不是任由他把玩的算式，只是偶然间让他瞥见了非同寻常的分支，却不得不追寻那藏头露尾的神秘本质。

那是一种什么样的心情呢？像是刚下车，发现停错了站，转身去追，那辆载过自己的车已经疾驰而去，明明是转眼的工夫，就让人生扎根在了完全出人意料的土壤里。你还能感觉到被汽车尾气温热的余温，仿佛只是瞬间的事，就要让你付出此后一生的代价。你以为奋力去追还能赶上，它却连一个让人缅怀的背影都没来得及留下，从此无影无踪。那是一种无论如何都想要回到过去，却又无能为力的懊丧。

窗外映着被夕阳蒸得发红的天色，高峰期的车流被一个红灯截断，斑马线上的绿灯闪了几下变成红色，落在中间的人赶在车辆发动前冲过对面，贯穿东西的车辆又流动起来，往来如织，像是一条快速奔腾的河流，淹没了每一个缓慢而渺小的瞬间。一个想法在叶佑宁的脑子里骤然升起，以不可遏制的态势，像雪球一般越滚越大，这个想法让他兴奋不已。

他要给两年前的夏文希打电话。

为什么以前从来就没有想过打给两年前的时空呢？就像是一个盲区一样一直藏在意识的蛮荒。那是一件多么令人目眩神迷的事啊。如果说一来一往的短信还存在着一个微小的时差，那么直接通过电话的交流，不就让本该依次相继的时光完全同步起来了吗？想象着电话那一头的人正和自己站在同样的路口，在一个周末的傍晚，那边是星期几？不知道会不会下雨？或许她会兴奋地说着“啊，我穿过路口，来到绿色书亭了”。然后自己看一眼对面无人驻足的书亭，说着：“是吗？你站在左边还是右边？”

“左边。”

终于绿灯放行，自己迫不及待地穿过人群，冲到对面。书亭的左边，晚报标题赫然在目，旁边是小号字体标明的日期，2009年5月17日。

“到了吗？”她问。

“嗯。”

于是你听到那边深深吸进一口气，再缓慢地吐出来，停顿了几秒：“嗯，好像感觉到你了呢。”

像是通了电一般，叶佑宁周身剧烈地颤抖起来。他能听到心脏有力撞击耳膜的节拍，一下一下，没过了周遭的嘈杂，他听见有人在叫他的名字，或者拍了一下他的左肩，可是他像着了魔一般，完全无法自持，冥冥之中有一股无形的力量牵引着他去到正确的地方。这感觉真是妙极了，身体像摆脱了思维束缚的囚徒，自顾自地运作着，他几乎能听见思维束手无策地尖叫，一遍一遍呼喊着：“回来！回来！”

当他清醒过来时，发现自己已经站到了外面的马路上，前后围堵着等待绿灯的行人，因为靠得太近，风把前面女孩的发丝拂到了自己脸上，他用左手去挠被弄痒的地方。手机已经在右手上蓄势待发，叶佑宁看了一眼屏幕上代表夏文希的那个号码，像是下了很大决心似的按下拨号键。

右边耳朵里安放着一片短暂的寂静，只听见呼吸和心跳夸张地变调，像是电影里营造紧张氛围的惯常伎俩，咚，咚，咚，像是倒计时，只是它比秒针还快。突然，听筒里传来接通的信号声，

“嘟——”

叶佑宁的心跳越发剧烈起来，周身的血液一齐向上，会师大脑，他感觉到自己的脑袋快要炸开了一般，眼前的物体似乎浮动起来，他以为自己快要晕倒了，于是深深吸进一口气，努力让身体保持平衡，可是对面的高楼、停靠的车辆、等候的交通信号灯，以及挡在眼前的半截脑袋越来越明显地晃动起来，让他想起一群人手牵手围着篝火跳起的舞蹈，而自己就是那团熊熊燃烧着的火焰，四周的景物是首尾相连跳舞的人。他们越跳越快，越转越快，快到几乎分不清那首尾相衔的分界，那世界变成圆圈里的线，像是被剥夺了鲜明的颜色一般，逐渐趋同于明晃晃的白。叶佑宁觉得自己要飞起来了，身体轻盈，像是摆脱了重力漂浮在宇宙中，视界白茫茫地连成一片，仿若时间在此刻停止，只感觉到幽缓的身体节奏，慢慢地向上、向上。

突然，那片白亮暗了下来，接着出现越来越多的杂质，一点一点连成线，线再成圈，逐渐退化成让人眩晕的舞蹈，颜色分化开来，红是瑰丽的珊瑚红，蓝是明亮的宝石蓝，对面站立的信号灯从一片矮房子的形状里分离出来，又成了细长挺立的一根，上面有个绿色的小人，原地摆动着手和腿。叶佑宁感觉像是被什么突然拽了下来，稳稳地又站回到地面上。他睁大眼睛，周围的一切不再晃动了，又成了平平常常的街道、普普通通的车辆和行色匆忙的路人。

他还来不及弄明白发生了什么，只听见右边耳朵传来一声“喂？”，接着是一串噼里啪啦的杂响。汽车的鸣笛声从左边耳朵蹿进来，经过电子技术的转化，变成另外一种声调从右边耳朵出来，于是像回声一般，听了两次。

叶佑宁转头去看身后，两层楼的火锅店变成了一片矮房子的天下，正对着的那个贴着醒目的大字：箱包甩卖，最后三天。本该坐落在右前方的大厦，被一片绿色纱皮包裹着，俨然一副尚未竣工的样子；左边的购书中心还是那一栋，只是说不清哪里多了一点儿什么的味道。迎面有骑着自行车的中学生结伴而来，叶佑宁看清了那蓝白相衬点缀着红色条纹的校服是收藏在衣柜里的那一件，电话里又响起了“喂喂”的声音，多了一分急躁。

“喂？”叶佑宁对着听筒试探着讲了一声，但是对方好像没听见似的，自顾自地“喂喂”着。

“能听见吗？”叶佑宁进一步试探。那边突然没了声响，只传来街头杂乱的噪声。隔着一条宽阔马路的另一头，滞留在迎来送往的车流中，叶佑宁看到一个似曾相识的人影，一只脚踩在自行车的踏板上，用另一只脚点着地，右手不停地摆动着，偶尔举到耳边，叶佑宁又听见几声烦躁不安的“喂喂”声。

夏文希就像是从记忆的夹缝里偷跑出来的小人儿一样，一开始还是像一片纸那么单薄地晃动着手脚，然后慢慢地像充气娃娃那样一寸一寸饱满起来、立体起来、鲜明起来。叶佑宁从来没有见过如此活灵活现的夏文希，那么真实，那么生动，像是连她“喂喂”的声响都带上了重量。因此，即便没有过往的比照，他也在第一眼见到她时就认出了她。

夏文希还在！两年前的夏文希还活生生地存在！

叶佑宁激动得要喊出来。是的，他兴奋地喊了出来：“夏文希！”

对面的女生听见自己的名字，抬头向这边茫然地望了一眼，看见闪烁的绿色信号，赶忙将另一只落地的脚踩上踏板，混在冲刺的人群里向这边骑来。

此时此刻，叶佑宁真正是欣喜若狂，他为活生生的夏文希欣喜，为那瞬间发生的奇迹发狂，原来这世间是真有奇迹存在的，它就像藏在心底眉目不清的渴望一般，等待瞬间的爆发。突然，他不再是个无神论者，他开始相信那些存在于冥冥之中的神秘形态，就像那股指引它穿越时空的神奇力量。他几乎是急不可耐的，似乎等不及自行车驶完那一段几十米的距离，他需要马上站在夏文希面前，与她分享这个奇迹，于是他像百米冲刺的健将，用最快速度朝夏文希奔去，就在绿灯转红的一刹那。

与此同时，转角的另一处，一辆黑色轿车也为了最后的冲刺加足了马力，在绿灯跳红的一瞬间压过白色横线，像一支离弦之箭，甩开停靠在身后戛然而止的一排车辆，向马路中央飞奔而来，以至于交会的瞬间，坐在驾驶室里的年轻司机和叶佑宁一样，惊恐地睁大了双眼。

闭眼的瞬间，叶佑宁几乎以为自己又瞥见了死亡轻佻的面容，那是一张无法具象的脸，悄无声息地贴近他，对他念着咒语，那么近，以至于他似乎能闻到那股腥腐的死亡气息。橡胶轮胎在地面上发出一声凄厉的尖叫，接着是一声闷响，夹杂着清脆刺耳的玻璃碎响，还有此起彼伏的尖叫声。他以为自己会再一次体验飞翔的曼妙感觉，然后身体重重地落回尘土，灵魂却自由飞升。

有人越过他的时候，蹭到了他的肩膀，一个踉跄让他睁开闭紧的眼睛。看到脚边散落的玻璃碎片，那是钢化玻璃特有的颗粒造型。前方不远处围拢起来的人群，让他无法一眼望进车身残破的全部景象，本该纵向横闯的车头突然掉转了方向，坐在驾驶室里的年轻司机一动不动，像是一尊石化的雕像，静止在灾难发生的那一刻。有人发出干呕的声音，有人对着手机里的急救中心语意不明地解释着事故发生的地点，交警闪着彩灯的摩托车停在一边，光线在眼前轮番播送，前面男生背上的银色字样，随着光线忽明忽暗，让人错觉那是一盏自动闪光的灯牌，写着“live”。旁边的女生把脸紧靠在男生身后，一副受到惊吓的样子。叶佑宁缓慢地向前移动，绕过躲在男朋友身后的女生和穿着银色 live 字样 T 恤衫的男生，稍微侧了一下头，搬开被矮个子中年男人挡住的视线，第一眼看见的，是兀自转动的自行车轮，灾难也没能让它停下。右侧几米开外，躺着一具姿态扭曲的身体，有深色的液体不断从某个地方流出来，像是一片恶意的沼泽不断侵蚀着四围的陆地。CDQZ 的字样在红色光线里忽隐忽现，那是一所著名中学的首字母缩写，印在蓝白相衬的衣服上。

叶佑宁恍然觉得那不是一个人的身体，而是一张沾满污渍的破布被随意地扔在了地上。

{ 4 / 5 }

用什么来形容宿命这件事？

宿命就是一张纵横捭阖的棋盘，少了哪一竖哪一横都不能独活，是一个整体概念；可也是讲究谋篇布局的，哪一子是诱敌深入的前戏，哪一子又是出奇制胜的关键，本应该是有规律可循的，只是与你下棋的不是别人，是天意，所以我们又怎么会料到那看似无关紧要的一小步，会在将来的某一天突破变成破堤的缺口，让那一场肆意的洪水，把这盘棋冲得支离破碎。

2007 年 5 月 17 日这天，陈婷因病缺席了安排在下午的随堂测验，因为这堂测验而取消了当天的晚自习，于是夏文希得以在下午 6 点 35 分的时候走出教室，走到二楼，突然想起陈婷的空白试卷还平放在桌上。因为担心被做清洁的同学弄丢了，她便返回去，把试卷折好夹在陈婷抽屉里的书页间。刚好遇到端着水盆回来的女同学，支吾着问夏文希能不能帮她擦一下黑板。就在夏文希挽起袖子从水盆里捞起抹布拧干的时候，2009 年的叶佑宁正坐在一个兀自沸腾着的火锅前回忆一场死亡带来的奇特体验。

与此同时，一辆长途跋涉的黑色轿车下了高速公路拐进路口的加油站。坐在副驾驶的年轻男子对一旁的父亲提出了交换驾驶的要求，就在前一天他才拿到了驾照，此时正兴奋地期待着一试身手。经过一天的奔波渐显疲态的中年男人从皮夹里拿出两张一百元钞票，递给加油站的服务生，点头默许。年轻男子兴高采烈地从副驾驶位置钻出来，坐进了位于左边的驾驶室，父亲接过服务生递来的零钱，拉开副驾驶的门，坐了进去。

夏文希擦完黑板，顺带把讲桌上的粉笔放回盒子里，把讲桌上的灰尘也消灭干净。等她收拾完毕，推着车从学校走出来的时候，看了一眼手机上的时刻：7 点 38 分。

这时，黑色轿车平稳地行驶在高峰期的车阵里，并不断变道超越前面的车辆，驾驶室里的年轻男子有些得意地吹了一声口哨，旁边的父亲对着后视镜说了一声：“小心点儿！”

就在黑色轿车被一个绿灯放行左转的时候，叶佑宁突发奇想地拨通了那部连接时空的电话。在电话被夏文希接起来的同时，2009 年的叶佑宁和夏文希站在了同一个十字路口的不同方向。夏文希单手扶着自行车的车把手，一只手握着电话，刚“喂”了一声，突然蹿出来一个横行的路人，右手捏住车闸的同时，电话就从左手里甩了出去。

不知道摔坏了哪一个部件，显示通话的手机里听不到任何声音。她急着“喂”了几声，又甩了甩手里的电话，依然毫无动静。这时，屏幕上显示的时间是 7 点 49 分。

如果只有一件事情没有按照原来的顺序和模样发生。

如果陈婷没有缺席当天的考试，夏文希就不会折回去帮她收好空白试卷，也就不会遇到因为生理期没办法碰凉水的女同学，也不会在擦黑板这件事上耗费多余的时间。

如果年轻男子没有在前一天拿到驾照，或者他的父亲更加谨慎一些，他就不会在叶佑宁和夏文希相遇的那个路口，在一个红灯前把刹车踩成了油门。

如果叶佑宁没有参加那个小型的同学聚会，就不会听到关于夏文希的意外，也不会平添那些令人骇然的回想片段，而“打一个电话到过去”的奇妙想法也将会依然睡在他意识的盲点里。

那么，夏文希将顺利地赶在一个闪耀的绿灯变红之前平安地穿过路口。三个路口以后左转，进入一片老旧的社区，驾轻就熟地避让着流连在各个摊贩之间比较着价钱的人，遇见熟悉的面孔也来不及打招呼，一阵风似的吹了过去，最后把车推进车棚锁好，提着书包丁零当啷地跑回五楼的家，钥匙放在书包里层，懒得去拿，粗鲁地拍着门，抢在妈妈抱怨之前挤进房间，

刚好能赶上 8 点整的娱乐新闻，漏掉了哪一条，只听见一个期盼的尾音。

{ 5 / 5 }

夏文希左手伸出去的方向，一部不知道被摔坏了哪个部件的手机，屏幕上还显示着：正在通话中，时间停在7点49分上一动不动，像是一个惊叹号，点在了手臂的另一头。如果不是救护车的哀号不断从手机里走漏一些变调的回音，叶佑宁或许根本不会发现，手里攥得紧紧的手机还维持着那个单向交流的电话。只是几分钟以前的事，夏文希的声音还不时从听筒里传来，透露着几许焦躁不安。叶佑宁仿佛还觉得，那只在记忆里鲜明的声音还会在某个不经意的当下再一次响起来，他看着手机暗淡的屏幕，从某个角度能看清那不断演进的读秒数。救护车的彩色顶灯在夜色的映衬下显得格外醒目，有人不断穿进穿出，对讲机的电磁声刺啦作响，人群被几条红黄相间的警戒线隔开。夏文希还躺在那里，旁边停放着救援的担架，洁白，整齐。

叶佑宁抬起拇指，摸索到红色终止键，张开嘴要说什么，发现喉咙喑哑。“再见。”终于只是一句轻微的唇语。

一时间，世界又开始疯狂地旋转起来，像一个浩瀚的旋涡，把叶佑宁再次拽入时间隐秘的深渊。

当他再次睁开眼睛，前面的女生转头去和身边的同伴说着什么，马尾一扬又扫到了叶佑宁脸上。他伸手去揉被弄痛的眼睛，对面绿灯放行，路口两边的行人开始向中间靠近。他看了一眼对面大厦的玻璃外壳上闪耀的夕阳，巴掌大的圆被放在一片一片镜子上，好像有很多个太阳。隔壁书城的门口挂着巨幅海报，播报着某个年轻写手的签售预告。身后两层楼的火锅店香气四溢，门口是一队队散落着的等号入座的人。叶佑宁赶紧去看手机上的时间，被一只调皮的手拨动了指针，时间又稳稳地停在了 2009 年 5 月 17 日的晚上 7 点 49 分。

原来，两部手机就是各自时空的出口，当他们发送短信给对方的时候，两扇门渐次开启，因为存在微小的时差，所以即使能察觉到两个时空隐蔽的联系，却没办法对接在一起。而当电话接通的刹那，像是一道光贯穿了遥远区域的开合，用一种科学尚未涉足的方式把两个相对时空变成了同一个绝对时空。如同一场穿越时空的旅行，让 2009 年的叶佑宁能在同一个路口遇见 2007 年的夏文希。

听起来像是只能在小说里衍生的剧情，却真真实实地发生在了当下。叶佑宁像是要更用力地去踩踏脚下的泥地，更迫切地去辨认流动在视界里的每一个细小的存在。他拼命放大知觉去感受盛夏酷热的天气，去捕捉那敲打着耳膜的不同频率，他要确认这一切绝对不是一场疯狂荒诞的臆想。

7 点 49 分是听见夏文希的第一个时刻，一声“喂”之后，接着是一连串手机落地的杂乱声响。距离事故发生还有几分钟的时间。只要任何一件事情没有按照原先的顺序发生，那么那串骨牌就不会倒在一个瘆人的结局上。叶佑宁几乎确信，如果他没有在红灯跳转的那一刻朝夏文希奔去，而是站在原地目送她经过自己，那么那辆疯狂失序的黑色铁盒就不会在将要和自己迎面相拥的那一刻突然掉转了方向，然后夏文希将顺利地赶在横行的车辆启动前，平安抵达对面。

叶佑宁 20 岁的人生中从来没有一个时刻像现在这样笃定地去相信一件事情的发生会比另一件事的发生更好，他的成长就像是一张风雨飘摇的船票，被雨打湿了地址，无所谓停靠。他从不去检视是哪些异变的情节让自己变成了今天这样一副冷冷清清的模样，更不会去奢望可以重来一次的念想，好坏的差异只在于你想与不想，就像不期待就不失望一样，所以他生命的大多数时候都像是没踩紧的油门一样，不愿尽全力。

此刻，他是那么强烈地感觉到一种陌生的渴望盈满整个胸腔，像是要搜集全身的力量，奋力出击，去扳回偏离的航向，赶在悬崖边，牵回那匹迷途的野马。

他屏住呼吸，闭上眼睛，手指在键盘上熟练地摸索着，他知道，世界又要疯狂地舞蹈了。

“喂？”是夏文希的声音。

接着是意料中的一串混乱的动静。汽车的鸣笛声从左耳蹿到右耳，拖着长长的尾音，像回声。

叶佑宁看见夏文希在对面用力地摆动着手臂，试图让听筒里出现一些声音。“喂喂。”她贴近话筒又试探了几声。身后不断有人打着响铃从她旁边经过，她就像缀在潮汐里的一块岩石，水流从她身后分开，绕过，又在面前合拢起来。她抬眼看见绿色的小人开始闪动，支地的那只脚重新踩回踏板，夹在人流里朝自己驶来。马路像是在脚底兀自延伸着，明明只是短短十几米的距离，似乎走了好久好久。叶佑宁小心翼翼地盯住街角转弯的地方，那里将会出现一头无从驯服的兽，吞没年华美好的姿态。夏文希俯身向前的姿势有一种奋力争取的味道，头发被风拢在脑后，现出了额角清晰的线条，那是性格刚毅的人才会拥有的记号。叶佑宁想，这样的人是值得拥有更好的生命的。那辆载着她的水红色自行车离自己越来越近，车身几处斑驳的油漆是岁月的痕迹，或许还透露着主人不善保养的脾性。书包的左肩带拽着衣领朝一边垮下来，能看到衬在里面T恤的白色领边儿，让人忍不住想要替她理一理。

“夏文希。”在女生擦肩而过时，叶佑宁忍不住低声呼唤。

夏文希听到自己的名字转过头来，视线扫到叶佑宁，四目相接的刹那，叶佑宁察觉到那眉眼间细微放大的距离，他惊喜地以为对方也认出了自己，突然，那距离突破惊讶夸饰的范围，朝惊恐一路狂奔。只听见一声闷响，叶佑宁感觉自己像是一颗挥出安打的棒球，被一根球棒用力地推了出去。夏文希惊慌失措的脸慢慢收容在一个俯视的角度里，越来越远，自己像是被她失手错过的气球，无奈地飘浮在城市上空。越过某段抛物线的顶点，接着就像一只俯冲猎食的秃鹫，急速朝地面坠去。

又是一记重击，叶佑宁清楚地听见有什么碎裂在身体里的声音，脆生生，像是竹子拔节的声音。有黏腻的液体淌出来，流进左边眼睛里，世界的一半被染成了红色，另一半里挤进来的陌生脸孔正失声尖叫，有人用手捂嘴发出一声干呕，叶佑宁突然联想到死亡的气味。像是一条躺在污水横流的下水道里的死鱼，散发出让人作呕的气味，一想到夏文希此刻正站在几米开外的地方目睹了那种与美好背道而驰的姿态，叶佑宁忍不住懊恼起来，想扳过来扭在背后的左手，让自己的身体看起来只是躺在一张温暖柔软的大床上，可是他动不了，一定是有某个调动的零件损坏了。他想扭过头去看，夏文希一脸失守的错愕神情里，有没有一点儿恍然大悟的成分，他想知道她有没有认出自己。他希望她认出自己吗？让自己最后的形象落在一个扭曲丑陋的意象里？他从来没有如此渴望在某个人面前隐藏自己，他多么希望能有一个隐形的斗笠，让这具身体消失在夏文希的视线里。

但愿她从来没有认识过自己。

Time
Machine

The Ending

据说大爆炸的时候产生了无数个平行宇宙，在某一个宇宙里存在着你却没有我，在另外一些宇宙里或许只有我而没有你。我们只在这个你我都存在的宇宙里做梦、醒来。

据说大爆炸的时候产生了无数个平行宇宙，在某一个宇宙里存在着你却没有我，在另外一些宇宙里或许只有我而没有你。我们只在这个你我都存在的宇宙里做梦、醒来。

我睁开眼，视线在桌面上搜索一番，目力所及范围内只有一支还剩半截蓝色墨水的签字笔，面前是一本摊开来的笔记本，右上角的部分只有半个日期——200。我发现我的手并没有保持握笔的姿态，而是抱腿蹲在板凳上。当我意识到这个动作时，才隐隐感觉到肌肉有些发麻，我保持这个姿势多久了？我听到右边有些许动静，转头看见陈婷正在专心致志地削一只苹果，长长的苹果皮快要坠到地上了。她穿了一件蓝色碎花雪纺的连衣裙，很轻薄，能清楚地看见里面打底的白色吊带。发现我在看她，她抬头对我笑了笑，“啪”的一声，苹果皮断掉了。我不无遗憾地看着她弯腰把苹果皮捡起来扔进垃圾篮里，有些对不起她似的。

我不清楚自己这么待了多久，陈婷什么时候来的？她没穿校服，那么今天应该是周末，周六还是周日？我突然想起她今天穿的连衣裙是我从没见过的那一件，又重新回头去打量她，她已经开始创造另一条苹果皮的奇迹。为了避免使她分心，我尽量隐藏观察她的痕迹。她的头发好像变长了？不知道是不是因为我们所处位置的角度差距让她看上去高了一些？眼睛，鼻子还是嘴？说不上来确切的哪一点让眼前的她有了几许陌生的味道，我突然有一种“这人是谁”的错觉，我好像根本不认识她，但是我知道她是陈婷，这种判定让人生疑，好像看到一个陌生的英文单词，能立马知道它的中文意思，但又因为缺乏显意识的深刻根据而心生困惑。类似潜显意识的轮换，或许可以用于解释那些似曾相识的场面。

我想得出神，几乎忘记了继续观察问题的本身。一个削干净的苹果递到我面前来，指甲油是带点儿红的透明色，很漂亮。我正要伸手去接，突然发现我并不想吃苹果这个事实，于是朝漂亮的指甲摇了摇头。我以为陈婷会带点儿娇嗔地抱怨“人家削很久了耶”。出乎意料的是，她只是用回缩手臂这个肢体语言表达出一种叹息意味，随后将一整个苹果切成一小块一小块的，放进书桌旁边四叶草花纹的白瓷碗里。那个碗是什么时候出现的？

“今天周几？”

“周六。”

我想起周六是跟林嘉祁约好了补习生物的日子，不过自从上次被冷战中断后，就再也没有接续起来。我们还是照常在周六见面，可谁也没有提补习的事情。或许因为冷战这个小插曲，反而不用依靠“补习”这个道貌岸然的名目来作为约会的理由了。一说到约会，我就想起林嘉祁用食指翻弄着肯德基可乐杯盖上的十字插口，说："这可是我第一次正式和女生约会噢。"

"什么？"

"说真的啦。"

他饶有兴致地观察我的表情，突然想起了什么，紧张兮兮地问："唉，我说，你不会经常和男生约会吧？"

想到这儿，我忍不住"扑哧"笑了出来。陈婷扭头问我笑什么呢。我突然为自己的失态感到有些尴尬，摇摇头说："没什么，想到了一个朋友。"这句回答好像传递给陈婷某种奇特的信息，她保持着一个姿势盯着我看了三秒，直到我察觉到了这种不和谐的停顿，她才又笑着问我："这个朋友我认识吗？"

我想了想，回答她："（10）班的林嘉祁，你认识吗？"

经过一连串瞬间的表情变化，我以为她会惊喜地告诉我"认识的"，没想到演变成一种高频的大喊大叫。妈妈听到动静，假意送水进来，想看看到底发生了什么。陈婷还在激动地对我叫嚷着，我从来没有见过她这样对我，我想我一定是做错了什么。我看见妈妈把一只手放在陈婷肩膀上，做出一个类似安抚的动作。这种感觉很奇怪，我像是在看一台坏掉了的电视，只能看到画面，却听不见声音。随后，妈妈把玻璃杯递给我，把装在小碟子里的药倒进我手里，三个黄色的小圆片、两颗白色的小丸、四个红黄相间的胶囊。我不明白我为什么要吃这些药，可我还是就着玻璃杯里的水送服下去。药太多了，我差点儿呕出来，赶紧仰头又喝了一大口水，下次应该分两次吃。

过了一会儿，落队的声音像是找到了归乡的路。

我听见陈婷的声音：“他不存在，林嘉祁根本不存在！”

她为什么要说林嘉祁不存在呢？就算她不认识他，也没必要以为我在撒谎啊，而且，林嘉祁来自“以帅哥多而闻名”的（10）班，即便她不曾把名字和人像做一个精准的对应，至少也分别见识过彼此深刻的容貌吧？而且……不……她认识林嘉祁！

像是一块遗失的拼图找回了最初停靠的位置，藏匿在脑回深处的事实兀自展现出了它的原貌，我突然明白了陈婷刚才不寻常的举动，只是因为我们曾经喜欢过同一个男生这样一个事实。

“你也喜欢他。”

可能没料到我会这么问，陈婷瞬间夸大了眉眼的距离。我以为这又是一场风暴来临的暗示，没想到她转而用平和的口吻承认：喜欢过。

我高度紧张的一颗心也在得到答案的一瞬平缓下来。如同那些避之不及的灾难所带来的恐惧并不是灾难本身，而是它来临前的过程。我们面面相觑地谈论一个发难的分歧，用的都是同一种平和的心态。我突然觉得很高兴，为这样一份开诚布公的姿态。我想告诉她，我为和她喜欢上同一个男生而庆幸。赶在我开口前，她却用一种我不懂得的逻辑，讲出这样的话："叶佑宁已经走了两年，他们都说你病了，可我知道，你不是病，你是没有醒，你沉浸在自己的幻想里太久了。"

为什么要提叶佑宁？他走了两年是什么意思？

"有时候我在想你是不是在假装，假装什么都忘了，假装相信自己编造的幻想。"陈婷的声音又变成了接收不良的信号，断断续续地闯进我的耳朵，我越来越不明白她话里的意思。思维像是受困在一片白茫茫的浓雾里，奇怪的是我并不急于找到出路，我怀疑是我的思考机能正在退化，也许只是药物的副作用，有点儿类似进入睡眠前的临界状态。然而，那些支离的句子还是在意识里引起了一阵骚动，我开始看见一些不连贯的画面。

那是一个平平常常的初夏早晨，太阳在东边天空染出一小片温和的暖橙色，天空万里无云，旗杆上的国旗在微风里有气无力地招摇着，有点儿派不上激昂用场的颓丧气。上了年纪的扩音器让通过的声音有些失真，校长一改往日的官僚口吻，描述的是学校不远处的十字路口上演的一场悲剧。失修的信号灯，刚拿到驾照的年轻司机，以及盛放在校服里的蓬勃生命。自行车轮还在一圈圈念诵着悲伤的挽歌，像是一匹被圈住的旋转木马，收缴了前路。那真不是一个适合与死亡有所牵连的风和日丽的早晨。

校门前的 302 公交车上挤满了自愿送行的队伍，我夹在一群陌生同学中间却并不显得突兀，笼罩在车厢内的肃穆气氛不太适合用于表现一场集体出游的气氛。我用手臂圈出一小块空间，不让胸前的小白花因为挤压而走样。或许是因为第一次到一个男生家而让印象格外深刻，一栋 6 层的灰色楼房坐落在城东规划无章的建筑群中间。这里最为醒目的是塔红色的摩天轮，没有小说里描写的那么恢宏，因为多年前的一场事故而禁用，也没有能够跻身“世界之最”的荣幸，好像只是在别人兴致勃勃地谈及摩天轮带来的浪漫意象时才会意兴阑珊地想起，哦，我也坐过嘛。

穿梭在鳞次栉比的巷道中间便能听见唢呐悲凉的吹奏，有人开始小声啜泣，我们顺着哀乐很容易就找到了叶佑宁家的地址，小区门口摆放着一个个花圈，灵堂就设在小区里。我看见叶佑宁的黑白相片被装裱在黑色相框里，摆放于灵堂之上，不知道是从哪张照片上拓下来的他，依然是一副不苟言笑的神情。我突然悲伤地想到，在他短暂人生的大多数时候，都是这样闷闷不乐的样子，为什么这世界上有些人得到太多，而有些人却一无所有？

头上别着小白花的女人颓然侧坐，仅留一副木然挂靠在眉眼之间。眼睛是母子俩最相似的部分。一个有些微微发福的中年男人四处张罗着招呼宾客，那是叶佑宁的爸爸，一个平平凡凡的父亲，因为偶然在楼道里听走了父子之间的对话而印象深刻。看见我们一群人的时候显得有些吃惊，他好像没料到会有这么多同学来送行一样，客客气气地说着一些表达感谢的话。那些话因为通俗惯用而丧失了一些真实的表现力，是一些词不达意的体面话。中年人的悲伤不如我想象得那么深刻，有点儿逆来顺受的无可奈何，好像人到了这个年纪就只剩下对人生默默承受的耐心。

我一直觉得叶佑宁的爸爸是好人，或许单单因为他拥有爸爸平凡的家常味，是一个精通各种家电维修、管道疏通的奇人，是一个在试卷签名上透露一手好字的家长，是一个会在晚饭时间小酌两杯以至于让身材不断走样的中年人。可也正是因为这些平易近人的特质，让“爸爸”这件事变成一个突兀的修辞，用来彰显他短暂人生的贫瘠，才会让后来的自己自以为是地想要放一些什么在他手上，希望他能收下。

据说大爆炸的时候产生了无数个平行宇宙，在某一个宇宙里存在着你却没有我，在另外一些宇宙里或许只有我而没有你。我们只在这个你我都存在的宇宙里做梦、醒来，遐想留给另外无数个相关的可能。

我想，在那么多的可能里，总有一个你会成长为一个开朗热情的少年，犹如吸收着这个时空里匮乏的营养，培育出另一个没心没肺的模样；总是笑呵呵，同样微弯的脊梁却只透露出懒散的模样；偶尔也会有安静的时候，失落的理由只因为喜欢的球队输了比赛，某次生物月考差一点儿就能及格的分数，好像失恋这样的事和你扯不上关系……

一定会有这样一个你吧，带着这一世满满的遗憾，加倍在另一个世界繁花似锦。

哪一朵偷听的云，不小心撞上了玻璃，凝成一团水汽，有人在上面写字，是叶佑宁还是林嘉祁都不重要了，反正最后都化成水淌下来。我用手背拭去脸上的泪，陈婷不知什么时候已经离开了，我不知道刚才她的来到是不是也是幻觉的一部分。

是我的梦做得太久了。

我拿起那支还有半管墨水的笔，把日期遗留的年份补充完整。

是想要给予的心情，想要把在自己人生里不能实现的平淡愿望和伸长了手臂也触碰不到的华丽情节都送到他那边的世界里，加倍地存在下去。

只是想要把这些都给你。

再见。
叶佑宁。
再见。
林嘉祁。

夏文希

2009-8-9

{ 后记 1 }

MR.Chen，我坐轮船来看你

看完你在 PTT 上的留言，我用 3 分钟做了决定，打包行李来看你。从这里出发到你的城市，坐飞机要 4 个小时，火车没办法过海，鉴于钱包的厚度，我决定坐轮船来看你。冰箱里还有前一天的菜汤，变黄的叶子漂在上面，因为番茄的颜色，微微发红，没记错的话，还剩 3 个鱼肉丸子。吃完简单的午饭，我就出门了。

人鱼公主的故事让我对渡轮充满向往，“泰坦尼克”的海沉又让我战战兢兢。船舱很空，我找了靠窗的位置坐下。地板上有上一班乘客留下的薯片包装袋、瓜子壳以及彩色的糖纸，它们被夹带着出门，旅行，被抛弃，然后等待着被清理、被焚烧，它们是不是也在抱怨不公平的人生，用我们搞不懂的方式。我拿出用卫生纸包裹的白色小药片，据说它们有防止晕船的神奇功效。耳机里的歌曲一直在《明白》上重复，总在“老地方相见”卡住，快速重复好几次，才能勉强进行。这是 CD 受伤的后遗症，让我心怀愧疚。

不多久，就有两个讲着我听不懂的方言的中年女性坐到我对面，用脚把地上的大块垃圾踢到过道上去，大大咧咧地把行李搡到我脚边。我本能地把脚往后缩了一下，遇上对方的眼神，赶紧把眼睛转开。汽笛声响起，应该是要出发的意思。

耳机里还在不停地重复那一道被划伤的句子，有点儿头晕，“啪”地按了下一首。《恒星的恒心》是我以为听到的你们的第一首歌曲，后来搜集你们旧时 MV 的时候才发现，《相信》才是我真正意义上的第一次邂逅这个团体。用“真正意义上”和“邂逅”似乎有太过隆重的味道，事实上，那个时候，“五月天”并没有在我的大脑皮层上留下深深浅浅的痕迹。对于那个还分不清“组合”和“乐队”的年纪，你们也只是能用“知道名字”来阐述的团体而已。

原来有那么多“第一次”是不能用“最初”来代替的，它们只在我们混乱的记忆里作为一个“最初的”意象而被我们牢记。当真正的“第一次”在意识里找到出口时，它们就成了一个平凡的不具特殊意义的符号而已。当然，也不是所有的“第一次”都有机会变成一个空洞的符号。我们以为本应是起点的地方，也许只是线段中的一点而已，记忆这种东西，和未来一样神秘。

如此一来，事情仿佛变得更加有趣。

如果说，《恒星的恒心》是你们具象成今天我眼里的“五月天”的起点，那么在那之前的大段时光里，我们都是作为彼此不相闻的个体存在。

而在我们互不相识的日子里，却有一首名为《相信》的歌把你和我简单地联系起来。

好像是在我们认识前我们就认识。

真是奇妙的事。

听说大鸡腿隐匿于松山机场和大直桥中间的某条巷子里，从外面看，没有一点点练团室的神秘迹象，你们也不可能把“大鸡腿”的名字直接挂在指示牌上。对面有一小群举着牌子的疯狂歌迷，炎炎夏日，站着一定很不容易。有人埋头发着短信，我猜内容一定是说看见了怪兽云云。背后有人小声讲着“借光”，很快从我身旁走过，转身走进一扇门里。说不出借由怎样的心情，我竟然冲动地跟着走了进去。

我惊讶地看到了由来已久的挂着你亲手涂鸦“请把门关好，不然它们会出去吃人”警示标志的录音室大门。门把手上果然贴着红色镂空的飞行标志。门露着一条缝，能清楚地听见偶尔拨动的吉他声。突然一阵动静，有白色绒物从开着的门缝里挤出来，是传说中那只姓蔡的白色猫咪吗？它迈着高贵的步伐从我身边走过，用不屑的眼神来回应我大惊小怪的表情。随着一声“你要跑到哪里去？！”，门从里面被打开，你就这么突然地站到了我面前。

诧异的不止我一个。

“请问，你找谁？”太熟悉的声音。

“找你。”我脱口而出。

你也对这样无厘头的回答吃了一惊，然后笑着问我找你何事。

我死死咬着嘴唇，说不出话。

“是要合照吗？”你微笑着询问。

我摇头。

“还是……签名就好？”你抬手整了整右边的鬓角。

我还是摇头。

看着你哭笑不得的表情，你会不会邀请我进去喝一杯咖啡。

“好吧，不过这里只有可乐。”你伸出一只手做出一个邀请的姿势，又让我小小地惊讶了一回。

房间里光线很暗，我想是地下室的缘故，某个角落堆满了表演时可能会需要的乐器和箱子，据说这还只是一部分而已。每当大型演唱会的时候，整个客厅就会像个库房一样，堆满各式各样的乐器和箱子。那片传说中的砖墙上，我找到了GLAY的签名和孙小姐的涂鸦。你打开一罐可乐递到我手里，指了指墙脚边的懒人沙发问我要不要坐一下。地上有散落开来的白色稿纸，写着奇奇怪怪的音符和还没连贯成的句子。你解释说那是未完成的手稿。我穿过地上相互缠绕着的线，捡起随手扔掉的可乐空罐，问你要丢在哪里，你不好意思地挠挠头说："没关系，我来就好。"

面对我的突然来访，你显得有些尴尬和不知所措，视线游弋在不知名的地方，不似我这般贪婪。你捡起落在地上的白色卡车帽，抖了抖，挂在门把手上。那是你平日出门时的装扮吗？或许还附带墨镜一副，以抵挡蓝色天空和疯狂歌迷带来的莫名恐惧？还是你已经习惯了只在夜晚出门呢？假想这些年来你的心情，试图从你的立场来理解那些稍显尖刻的说辞，时刻提醒着自己要镇定而平静。

该聊些什么呢？前几天从某人的博客里看到了相似的照片，显然是从不同取景框里拍下的相同景色。一张是从梁小姐那儿掰来的，另一张是从玛同学日志里发现的。"说明了什么呢？"某人坏笑着写道。太八卦的话题。

那么聊聊你们的新专辑好了，我想那才是你津津乐道的东西。你总是拥有华丽的解释来修饰意义单薄的词。虽然它们的丰富释义总得不到应有的重视，相比之下，你在凌晨顶着不同马甲四处发文的可爱行径才是我们喜闻乐见的真实场景。它才是你那些形而上学的梦想里，尤为可贵的根基。让你在我的意识里，一点一点地饱满生动起来。

想起前天梦见你的事。

“梦见我什么了？”我诧异你总能听见我还没讲出来的话。

“梦见和你是同桌。”

你笑出了声：“然后呢？”

“没有然后了。”我假装不经意地问起，“你们把歌迷送的礼物都放在哪里呢？”

你说有专门的房间来存放。

我“哦”了一声又问：“你们会不会打开来看呢？”

你摆出一副认真的样子说：“当然会啊。”

我还在回味你语气里的真实成分，四周就突然陷入一片黑暗之中。听见你的声音在另一个地方响起，声音的定位系统还真不一样。你说因为地震，所以常常突然停电，还自言自语不知道蜡烛被石头放在了哪里。我在黑暗中辨认着抽屉被你打开的声音，灯却又自动地亮了起来。需要几秒钟的时间来适应，我睁开眼睛的时候，你不知跑到了哪里。我四下寻找，看不出有能容一人藏身的可能。这时，敲门声响起，我去开门，门却死死的，怎么也打不开。声音越来越急促，我一用力，把手整个被我握在了手中，门却依然纹丝不动。我越来越急、越来越急，突然有人从背后拍了拍我的肩膀。

我抬起头，站在面前的大叔正扯着手上沾满油污的白线手套，用手肘朝窗外指了指：“终点站到了。”

左边手臂被压出了模样奇怪的痕迹，阵阵发麻。我环顾四周，除了被乘客“馈赠”的薯片包装袋、瓜子壳以及彩色的糖纸外，整个车厢只有我和司机大叔而已，一边耳机掉了出来，另一边的耳朵里响着电池耗尽的提示声。而外面是 8 月炽热的天气和神色匆忙的人群，柏油马路被踩出了脚印。刚下车，有小贩把宣传单塞到我手里，上面赫然印着“纯台湾七天考察豪华观光团（送一晚五星）”。

{后记2}

老地方相见，
如果你发现你还有留恋

2001年“你要去哪里”告别演唱会的最后，唱完了《相信》，在大合唱的“啦啦”声里，台下两万人执着地不肯离场。阿信在台上说，回家吧，回家吧，没有歌可以唱了。那个时候，他们也许不会想到十几年后，“五月天”会成为一种千万人朝拜的“宗教”；或许不曾预料他们的故事会被写进教科书，变成一代人的传说；不会想到会有一天，他们的歌迷连能容纳10万人的鸟巢也装不下。

而那个时候的我，正忙着应付高考的压力，没有演唱会可以看，唯一能做的不过是在令人发昏的政治课上一遍一遍写着《一颗苹

果》的歌词。下课后飞奔到同学在学校附近的临时住处，只为了收看当天下午 6 点播放的娱乐新闻，有他们的专访。

进军大陆的开始，只能在北京四环的一个小酒吧里做拼盘演出，还得忍受着台下听众关于“港台流行”的嗤之以鼻。听说他们曾在哈尔滨的签售现场，面对寥寥数十人的歌迷，恨不得把签名写成作文；听说他们刚到成都宣传的时候，记者以为“武岳天”是一个从台湾来的偶像歌手。

8 月 17 日演唱会之后，有老朋友找出来 2006 年他们去成都宣传的老照片，感叹那个时候的主唱正当青春年“瘦”时。那个时候，他有温暖柔软的手掌，值得让有幸握住的人，记挂一辈子。

那时，我们多希望他的眼睛是一架性能精密的仪器，无论是烈日当头的露天广场，还是光影纷繁的演出场馆，在交叠涌动的人群里，在那双视觉神经密布的薄片里，能投下哪怕万分之一毫厘的注意。

后来，他们逐渐成为“征服滚滚乱世，万人写诗”的传奇，演唱会一场接一场地开，宣传一场接一场地跑，那些逗趣的故事、动人的感谢逐渐默写程式。而我们也像所有不被时间豁免的人一样，忙着长大，忙着毕业，忙着工作，忙着赶往人生的下一个阶段。有人走散了，有人淡忘了，留下一些人固执在歌曲里，把年少单曲回放。

即便他再也不是《终结孤单》最后在巷口被撞开时一脸错愕

的那个男生，我也不再是跨年倒数时在一个人的窗台写下“突然很想见到你”的女生。而再也不会有一个乐团会像他们，他们无知地参与了你的青春，你默默地伴随了他们的成长。就像两条平行的线，无从交会，却可以互相陪伴。

传说中的世界末日最终没有到来，最后时间还是照常流逝，带着劫后余生的期盼或末世狂欢的念想登上诺亚方舟的人，只是匀速变老了 3 个半小时。

也许后来，我们终于变成了穿西装打领带的公司白领，或者有板有眼教育小孩的爸妈，或者挎个篮子在街市流连比价的中年妇女。安于室，安于年龄渐长，安于老去。如果有什么值得记挂，就是我们曾一起在蓝色的海洋里漂流过，一起在手机组成的星光里闪耀过，一起纵情欢唱过，一起怀抱梦想过，一起在青春的末日里挣扎过。

所以，老地方还能相见，如果你发现你还有留恋。

Time

Machine

图书在版编目（CIP）数据

时光机 / DTT 著 .—北京：北京联合出版公司，2017.10

ISBN 978-7-5596-0969-4

Ⅰ．①时… Ⅱ．① D… Ⅲ．①长篇小说–中国–当代 Ⅳ．① I247.5

中国版本图书馆 CIP 数据核字（2017）第 234534 号

时光机

作　　者：DTT

责任编辑：郑晓斌　徐樟

北京联合出版公司出版

（北京市西城区德外大街 83 号楼 9 层　100088）

三河市文通印刷包装有限公司印刷　　新华书店经销

字数：164 千字　　880mm×1230mm　　1/32　　印张：8.75

2018 年 1 月第 1 版　2018 年 1 月第 1 次印刷

ISBN 978-7-5596-0969-4

定价：39.80 元